いきなり大魔導！

IKINARI DAI-MADOU

JN157125

目次

IKINARI DAI-MADOU!

プロローグという名のホットスタート

IKINARI
DAI-
MADOU

いきなりだが、俺は魔法の天才だったらしい。

現在の状況は、一見すると絶体絶命。

俺の周囲は金属鎧を着たフル武装の骸骨頭に囲まれているし、俺は素手で普段着である。

背後には、手負いの女戦士が腹を押さえてうずくまっているし、周囲は徐々に薄暗くなっていく山の中。

大変な状況だ。

だが、骸骨の戦士たちは、絶対的に不利そうな俺と女戦士に襲い掛かってこない。

理由は簡単だ。

俺の拳に、紫色の輝きが宿っている。

さっきこの骸骨頭に襲われた時、咄嗟に放った何かだ。

何なのかは分からん。

だが、多分魔法だ。

「ふっ……魔法だ」

俺は思ったまま口にして、青く光る拳をぶんぶん振ってみせた。

骸骨どもが、「おお」とか「ぬう」とか言いながらちょっと後ろに下がる。

ビビっている。

「貴様、ただの村人だと思っていたが……まさか魔法使いとはな……!!」

骸骨どものリーダー格らしき、額に一本角がある真紅の骸骨鎧が渋い声を出した。

「このキーン村に、貴様のような魔法使いがいるという情報は聞いていないぞ。斥候の骸骨兵どもめ、手を抜きおったな」

「なるほど」

俺は重厚な感じで頷いてみせた。

一本角のリーダーが何を言っているのか分からなかったからだ。

分からない時、俺はとりあえず、なるほど、とか言う。

これでだいたい誤魔化せる。

「だが、一つだけ間違いを訂正してもらおう。俺はただの村人ではない」

ゆらりと、俺は青く輝く拳を構える。

「な、なにぃ」

ざわめき、骸骨どもが身構える。

「キーン村の地主の次男坊にして、無職。ウェスカーだ。隙あり」

奴らの目には、俺の目が輝いたように見えただろう。

これは、拳の輝きを目に移動させて、そこから魔法として放ったのだ。

目から放たれた魔法が、骸骨の一体に炸裂して、

「ウグワーッ」

奴は鎧の隙間から煙を吹きながら倒れた。

「目から魔法を!!　こ、こいつ、人間じゃない！」

「いや人間です」

俺はゆるり、ゆるりと骸骨どもに詰め寄っていく。

近づく必要はないのだが、なんだか、今は俺がこいつらを圧倒している空気ではないか。

折角だから追い詰めておこう。

「くうっ、だが、魔法使いならば身のこなしは鈍いはず!!　者ども、一斉にかかれ!!」

「おおーっ!!」

赤いリーダーが号令を下した。

「なにっ」

俺は困った。

まさか追い詰めたら一斉に反撃してくるとは！

何も考えていなかった。

「くっ、魔法!!」

俺は腕に宿った青い光を放つ。

「ウグワーッ!!」

襲い掛かってきていた骸骨戦士が一人倒れた。

「まほ」

「死ねえ!!」

間に合わなかった。

ぶんっと振られた剣が俺に迫る。

絶体絶命である。

ここで、俺の頭の中を今までの思い出が流れ始めた。

これは一体なんであろうか。

突然、時間の流れが遅くなったように感じる。

せっかくだから、この思い出の流れに合わせて、これまでの状況を振り返ってみよう。

第一章　覚醒のいきなり大魔導

IKINARI
DAI-
MADOU

これまでのウェスカー

俺はウェスカー。

地主の次男坊である。

つまり長男が何かあって死なない限り、将来的に無職であり、そんな未来がない男に嫁ぐ女がいるはずもないので、童貞を約束された男である。

俺はキーン村という、辺境の地で生まれ育った。

立場上、俺は村から出ることが許されない。

いつ、兄である長男、パスカーが死ぬかもしれないからだ。

だが残念ながら兄は健康だった。

この兄が死んでいれば、俺の人生はもっと明るかっただろう。

ちなみに、歴史書に記されている限りにおいて、世界で大きな争いが起こった記録はない。

それに、かつては流行病も存在したようだが、それらの病気もある程度克服され、世界は概《おおむ》ね平和な状態で、長い年月が経っている。

次男坊を長男のスペアとするのは、かつて乳幼児の死亡が多かった時代の名残らしい。

流行病がなくなり、さらには男手を減らしてしまうような戦争もない。

子供は、ある程度の年齢に達すれば簡単には死ななくなるから、生まれつきすこぶる健康であったパスカーは、何の心配もなく成長し、そして成人した。

俺はそこそこの年齢までは、次男としてそれなりの教育を受けていたように思う。

だが、パスカーが大きくなってから、世間の俺に対する扱いはぞんざいになった。

それで、俺を自由にして、王都にでも出してくれればいいものを、それを邪魔するのが村のしきたりだった。

世の中が平和になってしまい、昔通りのしきたりを続けていても、大きな害がないので、基本的に事なかれ主義の村の人間は、昔の慣習を変えることなくそのまま引き継ぐのである。

ということで、俺は村から出ることができない。

俺は兄のスペアに過ぎず、そのために将来的にも不安定なままで、父の仕事に関連する者たちに顔通しは行われるものの、相手は後々仕事相手となる可能性が低い俺のことなど気にもしない。そんな俺は地主の父の威を借ることも難しかった。

兄は村の年が近い男たちを従えて、派閥を作っていた。

俺は基本、ぼっちであった。

兄はその将来性から、村の女にもてた。大変もてた。女に困ることはなかった。

俺は完全無欠の童貞であった。手を握ったこともない。

一見すると悲惨であっただろう。

だが、これはこれで悪くない立場である。

まず、俺は失うものがない。

母親は腹を痛めて産んだから、兄も俺も可愛がった。

兄は早くから父の仕事について回ったから、自然と俺は母と過ごすことが多くなる。

母は貧乏貴族の娘である。彼女の家はマクベロンという国にあり、既に没落して貴族としての位はなくなっていた。つまり、母も帰る場所はなく、村にいるより他なかったのである。

俺は彼女から文字を習い、彼女が生家から持ってきた本を読み、学を身につけた。

父には母の他に愛人がいて、若い愛人のところによく行っていたので、母はその分の情を母性愛として俺に注いだのであろう。

おかげで、俺はぼっちで童貞であったが、妙な全能感を持ったまま育った。

ぼっち余裕である。

その母が流行病でころりと死んだ。撲滅されたはずの病がまだ残っていたのだと、その時村は騒然としたものだ。幸いというか何というか、村における罹患者は母のみであったらしい。

俺は本格的にぼっちになった。

だが、これまでの人生で、俺のハートはかなり頑丈になっていたらしい。

母の冥福を祈ったあと、俺は悠々自適の無職ライフを楽しむことにした。

まず、仕事に精を出す男たちの目の前で昼から酒を飲む。

午後の仕事に精を出す男たちの目の前で優雅に読書をする。

女たちが水浴びする泉に、俺専用の覗き穴を作る。

兄が男たちを使って数年掛けて開墾した山に、放置すると死ぬほど増えるハーブの種をばらまく。

実に楽しい毎日である。

俺の一人遊びは多岐に渡った。

最後のハーブを使った遊びは兄にばれて、村の男総掛かりで俺を捕まえようとやって来た。

これは大変なことになったぞ。大げさな連中だ、と俺は山に逃げ込む。

男たちは山狩りを開始する。

なんということだろう。

大の男たちが、どうしてこんなに血眼になって俺を追うのか。

分からぬ。

そして……俺は山に潜伏した。

これはこれでなかなか、刺激的な毎日である。

母の蔵書で手に入れた知識をもとに、野草やキノコを食べ、死にかけた。

付け焼き刃で罠を作り、動物を獲ろうとして俺が引っかかり、死にかけた。

魚を釣って食おうと思い、川に落ちて死にかけた。

なんてことだ。

全く食べ物がないじゃないか!!

俺は憤慨した。

そして空きっ腹を抱えて歩いていたところ、山の中に似つかわしくない、荒事の音を耳にしたのだった。

「ほう」

俺は好奇心を抑えきれず、その辺りの木苺なんかをむしゃむしゃ食べながら繁みから顔を出した。

すると、骸骨の甲冑を身に纏《まと》った連中が、鎧を着ていない男女を襲っているではないか。

「ひい、お助けえ!」

山の中に似つかわしくない、造りの良いドレスを着た女が目の前を駆け抜ける。

そして案の定何かに躓《つまず》いて転ぶ。

「逃げるなあ! おらあ!」

骸骨の戦士は、倒れた女に向かって手にした剣を突き立てる。

「ぎゃあっ」

死んだ!

目の前で人が殺されるところを見てしまったぞ。

俺は大変な衝撃を受けた。

胸がドキドキする。

「ちっ、死にやがったか……！」

骸骨の戦士は吐き捨てるように言いながら、身を起こした。

「死んだようですな」

俺も受け答えした。

すると、戦士はびっくりしたようで、ぴょんと飛び跳ねた。

そしてきょろきょろ辺りを見回し、俺に気付いたようである。

「うわあっ!?　お、お前はなんだ！」

「ウェスカーです」

「名前を聞いてねえ!!　ええい、お前も死ね！」

剣を振り回してくる。

理不尽すぎる。

「いやですぞ!!」

俺は慌てて手を振り回して抵抗した。

この時、俺は死なないために必死になっていたように思う。

そんな俺の腕に、何かよく分からない力の塊みたいなものが宿った。

俺はそのよく分からないものを、よく分からないままに振り回して剣を受け止めた。

すると、バチバチと紫色の輝きが放たれ、剣は当たった部分から、粉々に砕かれてしまったのだ。

「なっ、何いっ!?」

「隙あり!」

俺は手にしたよく分からない、紫色の輝きを、骸骨の戦士目掛けて放り投げた。

すると、輝きはシュッと飛び、骸骨の戦士にぶち当たって消えた。

直後、骸骨の鎧のあちこちから、しゅうしゅうと煙が上がる。

「ウグワーッ」

骸骨の戦士は膝を折ると、その場に頽《くずお》れた。

「むむっ、勝ってしまった」

俺は繁みから出てきた。

つま先で骸骨の戦士を蹴ってみる。

動かない。

「むむっ、死んでる」

多分、死んでる。

そう結論づけた。

そして倒れている女性をつつく。

つめたい。

「死んでる」

分かっちゃいたがこっちも死んでいた。

「俺も、あのわけの分からない光が出なければ死んでいたな。アレはなんだろう。まるで魔法のような……まあ魔法でいいか」

魔法ということにした。

まだまだ、周囲はわいわいと騒がしい。

基本的に、骸骨の戦士たちによる虐殺が行われているようだが、一部では互角に戦っている者もいるらしい。

どこが互角っぽいかは、音で分かる。

金属と金属が打ち合わされる音がするのだ。

俺はそっちの方に行ってみた。

理由はなんとなくである。

「くっ……、強い……!!」

聞こえてきたのは、女の声だった。

そこには、高価そうな鎧を身に纏った女戦士がおり、対面の赤くて額に角のある骸骨の戦士と戦っていた。

近くには、彼女に打ち倒されたらしい骸骨の戦士が何人も倒れている。

どうやら女戦士は、普通の骸骨の戦士よりは強いらしい。

だが、この赤くて角の生えた骸骨よりは弱いと。

「ふっ、女の細腕でよくぞ我が精鋭を三名も片付けたものだ。だが、それもここまで。この〝鮮烈のシュテルン〟の前に立ったが、貴様の運の尽きよ」

「くううっ……！」

二人の剣と剣が、鍔迫《つばぜ》り合《あ》いをしている。

赤くて角の生えた方は、余裕がありそうだ。

じりじりと、剣を押し込んでくる。

このままでは女戦士が危ない。

今俺は、この光景をぼーっと手に汗握りながら見物しているのだが、多分そういうことをしている場合じゃないんじゃないか。

「よし、待つのだ」

俺は鍔迫り合いの最中に駆け込み、その場に立った。

「なにっ」

「えっ」

赤くて角の生えた奴と、女戦士。

同時に呆気にとられる。

「よし、魔法だ！」

俺は拳を構えた。

そこに紫色の輝きが灯る。

そいつは、赤くて角の生えた奴目掛けて飛んでいった。

「エナジーボルトだと!?　こんな山奥に魔法使いが!?」

そいつは叫びながら、距離を取って剣で輝きを打ち払う。

そのついでに、女戦士の腹に蹴りを入れていった。

「ぐうっ……!!」

女戦士が膝を折り、ぐったりとする。

かくして、赤くて角の生えた奴は増援を呼び、俺は成り行き上、女戦士をかばうように立ち……。

こうして今、骸骨の戦士の刃に晒されているのである。

回想終わり。

第二王女レヴィア

「これを使え！」

叫び声は女戦士のものだったようだ。

俺に向かって、彼女が手にしていた剣が投げつけられてきた。

俺は咄嗟に、

「あぶねっ!?」

その場に転んで剣を避《よ》けた。

剣は骸骨戦士に刺さった。

「ウグワーッ!!」

「何故避ける！　アホかーっ!!」

「剣に当たったら死ぬだろうが。君がアホか」

俺は倒れたまま、冷静に女戦士の誤りを指摘した。

だが、とりあえずヤバそうだった目の前の危機は脱した。

俺は起き上がりざま、別の骸骨戦士に拳から魔法を飛ばして倒す。

この魔法、一体なんなんだろうな。

よく分からん。

だが、調べるのは後回しだ。

「よし、次来い」

俺は立ち上がり、調子に乗って女戦士が投げた剣を、倒れた骸骨戦士から引き抜いた。

あっ、この剣重い。

「うぬ……、情報にない魔法使い。しかも、そこの女と連携を取るか……！」

赤くて角のある奴は唸った。

何か勘違いしてる気がする。だが指摘しない。

そこで、骸骨の一人が何かに気付いたようだ。

「隊長！　まずいです。松明《たいまつ》を持った連中が近づいてきます」

「数は？」

「こちらよりも多いようです」

「正体不明の魔法使いに、こちらよりも多い謎の相手……分が悪いな。退却だ」

赤くて角（略）は宣言すると、踵《きびす》を返した。

「レヴィア姫、またお迎えにあがりましょう。首を洗って待っていたまえ」

奴はそんな、何だかかっこいいことを言うと、闇に溶けるように消えていった。

それに、他の骸骨戦士たちも続く。

すっかり奴らの気配が消えてしまった頃、女戦士は体勢を立て直したようだった。

ゆっくりと立ち上がる。

「とりあえず、ありがとう、と言っておこう。他のみんなは……もうだめだな。かわいそうだが」

周囲を見回して、自分の仲間たちの安否を確認する。

どうやら、彼女とともに来た男たち、女たちは皆殺されてしまったようだ。

この女戦士は、姫とか言われていたか？

よく事情は分からない。

詮索する間もないようだ。

「いたなウェスカー！　お前の悪事もここまでだ！」

響き渡るのは、大変聞き覚えがある声である。

うちの兄だ。

「やあ、パスカー兄。見つかってしまったか」

「!?　ひ、人が死んでる!?　こ、これは一体……！　まさか、ウェスカーお前!!」

村の男たちも怯《おび》え、俺たちに寄ってこない。

「ウェスカーとやら。彼らは、お前の村の者なのか……？　では……詳しい話はお前たちの村でするとしよう」

　女戦士が威厳のある態度を見せる。

　彼女が兜《かぶと》を脱ぐと、肩の長さで揃えられた金色の髪が溢れ出た。

　青い眼差しが俺を射抜く。

　むむっ、す、凄い美人だ。

　これには、パスカーもたまげたらしい。

「どうぞ、村へ……」

　死体は村に運んで弔うことにし、村の男たちは残った。

　俺は兄と共に、女戦士を連れて村に戻ることになった。

　自分では厳しい山のサバイバル生活をしていたと思っていたが、何のことはない。俺がいた場所は、村にごく近い裏山であった。

　あっという間に村が見えてきて、山の麓で不安げにする村の女衆を発見する。

　彼女たちは、俺を見ると鬼《オーガ》のような形相になった。

「この穀潰しの馬鹿息子！　あんたのせいで旦那が夕方なんかに山登りをする羽目になったんだ！」

「うちの息子が怪我をしたらただじゃおかないよ！」

「無職のくせに！」

「文無しのくせに！」

「これはひどい」

女戦士は俺をちらっと同情の目で見た。

そして、

「パスカー殿。お父上に取り次いではもらえまいか。私はこの一帯を収める、ユーティリット王国の第二王女レヴィアだ。この近くに別荘を持っていてな。そこを骸骨の軍隊に襲われたのだ」

衝撃の事実であった。

何が衝撃かって、レヴィアというこの女、本当に姫であった。

つまり俺は姫を守って、何かよく分からない力で戦ったのだ。

これはなかなかカッコイイではないか。

パスカーが村の女に言伝《ことづて》をすると、その女は一目散に地主の家……つまり我が家へ急いだ。

最近、父親も体調が悪い日が多くなってきており、そろそろパスカーに世代交代するであろうと言われている。

兄は病気一つしたことがない程度には大変元気なので、スペアである俺が奴に取って代わる機会は訪れないに違いない。

……暗殺？

俺の命《めい》に従って、パスカー暗殺を手伝ってくれるような友人はいないし、一番に疑われるのが俺である。

俺がパスカーを暗殺したら、この村の連中は寄ってたかって俺を文字通り吊るし上げることであろう。

人望のなさには自信があるぞ。

「おお、パスカー、無事に戻ってきたのか。……それにこのバカモノも」

「うむ」

俺は重々しく頷いた。

出迎えてくれた父親は、眉間に物凄いしわを寄せる。

「父よ。あまりイライラすると寿命が縮むぞ」

「お前のせいだぞウェスカー!!　もう、お前という奴はどうしてこうも出鱈目《でたらめ》なことばかりをするのだ!!　ミンナの教育が悪かったのか……!!」

ミンナというのは、死んだ母の名である。

俺はカチンと来たが、兄のパスカーも癇《かん》に障ったらしい。

「父上。母上のことを悪く言うのはやめてもらいたい！　それよりも、お話ししていたレヴィア姫が……」

「おお、おお、そうであった」

父親は、レヴィア姫に目線を移して、露骨に迷惑そうな顔をした。

なんだなんだ。仮にも一国の姫にその態度はいかんのではないか。

「まあ、奥へどうぞ。何も歓待できませんが」

「構わない」

席が用意されていた。

簡素な卓である。

「ご存じのように、我らは税を収めております。国が決めた兵役にも、若い男を差し出しております。これ以上、何をお望みなのですかな……」

「兵を供出してもらいたい」

レヴィアの簡潔な言葉に、うちの父は眉をピクリと跳ね上げた。

「できかねますな。既に、我が村の男の数は限界。これ以上に人を割けば、今秋の収穫にも影響が出ますからな……」

たかが地主が、よくぞそんなに突っぱねられるな。

「パスカー、なんで親父はあんな強気に出てるんだ？」

「知らないのか？　世の中、もはや軍隊が必要な時代ではない。各国は長い間戦争をしていないから、兵役は形式的な人頭税なのだ。そして、各地の地主は、今や国土全てを守るほどの兵力も、管理するための官僚も派遣できなくなったユーティリット王国から、地域の管理を任されている。下手な貴族よりも権力があるのだ。それに……相手は第二王女だぞ？　王位継承権でいえば下位。お前のようなものだ。彼女が権力を握ることはない」

「ははあ、似た者同士か」

途端に親近感がわいてきた。

うちの父親と向かい合っているレヴィアは、次々に要求を突きつけては突っぱねられている。

彼女の横顔から、ひどい苛立ちを感じた。

何故《なぜ》自分は理解されないのだ。

自分は正しいことを言っているのに、どうして賛同してもらえないのだ、という。

「では」

レヴィアが強く、卓を叩いた。

女らしからぬ膂力《りょりょく》からか、卓が激しくきしむ。

父がさすがに青ざめて、引こうとし、椅子ごとひっくり返った。

「ぶぎゃあ」

「キーン村には魔法使いがいるであろう？　その男を借り受ける……‼」

「ま、魔法使い⁉　そんな、わしは魔法使いなど見たことはないぞ！」

「そなたの第二子のことだ！　あの男は魔法使いだぞ……！」

「なっ、なんだってえー⁉」

パスカーと父親の声が重なって、同時に俺を見た。俺も振り返った。

当然ながら、後ろには誰もいない。

「俺？」

「そなただ」

な、なんだって――!?

エナジーボルト

「知っているか？　そなたが使ったあれは、魔法の一種。私は魔力が弱いから、大した魔法を使うことはできない。だが、宮廷魔導師の一人に、簡単な手ほどきを受けたことがある」

薄情なうちの父親は、俺がレヴィア姫についていくことを快諾した。

これを機に、パスカーに跡を継がせて結婚式までやろうなどと言い出した。

なんということだ。俺を追い出して式をやるなら、俺は式のごちそうにありつけないではないか。

「あの紫色の光は、生命から分かたれた輝きだ。僅かな魔力さえあれば、どんな人間でも使えるであろう魔法、エナジーボルト。ただ、あれほど強力なものは見たことがないが」

「えっ、なんて？」

ずっと、兄の結婚式のごちそうのことを考えていた俺は、レヴィア姫の話を聴き逃していた。

だが、エナジーボルトというのだけは理解した。

確か、骸骨戦士たちも同じことを言っていた気がするな。

「なるほど、この魔法には名前があったんだな。エナジーボルト」

俺が魔法の名前を呼ぶと、手のひらが紫色に輝いた。

レヴィアが目を丸くする。

茶を運んできた、村の奥さんの一人がびっくりして、手にしていたお盆を落としてしまった。

「ま、ま、魔法！　あのウェスカーが!?」

「ああ、済まないな。茶はいらない。席を外して」

レヴィアは奥さんを追い出した。

ここは、俺が住まう離れである。

我が家は地主というだけあって、かなり大きな屋敷がある。

離れだけでも、部屋が三つもあるのだ。

一つは俺の寝室、もう一つは客間、あと一つがこの食堂というわけだ。

「しかし、ウェスカー。そなたの魔法は、詠唱もなしに発生するのか？　それに、エナジーボルトがいつまでも手の中に留まっているとは」

「詠唱？　なんていうのかな、出し方が何か分かってきたから、別に名前を呼ばなくても出てくる。飛ばす時は、放り投げる要領だった」

言葉通りに、ぽんと紫の光を飛ばすと、そいつは放物線を描いて向こうの食器棚にぶつかった。

破裂音がして、木製の棚の上辺が黒く焦げる。

「……思ったより威力がないな。あの骸骨、なんでこんなんで倒れたんだ？」

「あれは骸骨戦士団《スケルトンアーミー》。過去の軍隊を何らかの魔力で動かしている、不死の魔物《アンデッド》だ。不死者は、己と真逆にある命の力に弱い。そなたのエナジーボルトが、やつらにとっての天敵だったのだろう」

俺は立ち上がると、焼け焦げた食器棚に手を伸ばして撫でた。

「でも、これじゃああの赤い角のやつには通じない気がするんだよなあ」

「〝鮮烈のシュテルン〟。かの名はユーティリット王国の歴史に刻まれているぞ。あれは、七代前の王が使っていた、傭兵騎士の長だ。最後は当時の王に使い捨てられ、戦の中で死んでいったと聞く……」

「つまり強くて王国に恨みを持っているわけだな。じゃあエナジーボルトでは心細いだろう」

「…………？」

レヴィアが黙った。

じっと俺を凝視している。

「なに？」

「そなたは、私と共に彼奴《あやつ》らと戦ってくれるのか？」

「うむ。俺は基本的に暇なので、構わない」

「死ぬかも知れぬぞ？」

「何とかなると信じてる。エナジーボルトがいきなり使えるようになったんだから、何かまた新しい魔法でも使えるようになるだろう」

俺は基本的に、ポジティブである。

あらゆる状況はなんとかなると信じるタイプだ。

何せ、悲観的だったら俺の境遇など、世を儚《はかな》んで自死するような環境だったからな。

「よかろう。では、詳しい事情を話していこう」

レヴィアは相変わらず硬い態度のままそう言ったが、口元が僅かにほころんでいた。

面倒な話は置いておいて、夜半過ぎ頃であろうか。

母屋の方がにわかに騒がしくなってきた。

板で塞いであった窓に、つっかえ棒を差し込んで開く。

すると、村が明るくなっているようである。

「なんだ、ありゃ。祭りか何かか？」

「起きろウェスカー！　奴らだ。奴らが村までやって来たのだ！」

レヴィアが叫びながら扉を蹴り開けた。

「鍵は掛けてないぞ。なんだ、鎧のまま寝てたのか？」

部屋に入ってきたレヴィアは、夕方見たままの完全武装姿だった。

動きやすそうな鎧だから、そのまま寝ることはできるのかも知れないが、熟睡はできないだろう。

俺はというと、ほぼ素っ裸である。

レヴィアは寝台の上の俺に、信じられない物を見るような目を向けた。

「は、早く服を着ろ!!」

「うむ」

俺はそそくさと適当な衣服に袖を通した。

衣類の他に、用意するものはない。

俺は起きがけに、昨夜のことは夢ではなかったのかと確認するために魔法を使ってみた。

「エナジーボルト」

手が紫色に輝く。

うむ。

「エナジーボルト」

輝きが移動する。

俺の目元にだ。

あ、こりゃいかん。眩しい。

「何をしている……と、な、な、なんだそれはっ!?　そなた、目が紫色に輝いているぞ！」

「うむ、エナジーボルトを目元に移動させたんだ。これ、融通が利くんだなあ」

「魔法がそこまでおかしな応用が利くなど、聞いたことがないぞ!?　まあいい、行くぞ！」

「へいへい」

俺とレヴィアは、離れの扉をくぐった。

「ああ、これは、村が燃えているなあ。おお、あの村の奴を追いかけて走ってるの、骸骨の戦士じゃないか？」

「いかん……！　行かねば……！」

「ここから攻撃できないか？　例えばこう、こんな感じで……エナジーボルト」

地主の屋敷はやや高い丘の上にあり、そこからは村中を見渡せる。

俺はここから見えた、骸骨の戦士目掛けて指先を向けた。

すると、紫の輝きの全てが俺の人差し指に集まった。

一瞬輝きが強まると、次の瞬間、光は一気に解き放たれた。

細くまっすぐな一筋の光だ。

それが、今にも村人目掛けて剣を振り下ろそうとしていた骸骨戦士に突き刺さった。

骸骨戦士が、びくりと痙攣して、膝を折る。

「よし、いけた。細く収束させれば、こいつはかなり遠くまで届くな」

「そなた、何をした!?　あの距離まで正確に魔法を撃ち込むなど、まるで弩《いしゆみ》のようではないか！

……いや、奴らの注意がこちらに向いた。いいぞ！」

「こっち向いたのか。それはよくないな」

俺は顔をしかめる。

レヴィアはやる気になって、剣を抜いたまま身構えている。

一人で骸骨戦士どもを迎え撃つつもりか。

「……姫様、何を、俺がいるじゃないかみたいな顔をしてるんだ」

「頼りにしているぞ魔法使い」

「なるほど」

俺を頼りにしてたのだな。

では、こちらも準備だ。

五指を広げて、

「エナジーボルト」

十指を広げて、

「エナジーボルト」

靴を脱ぎ捨てて、俺は地面の上に転がった。

足の指も全部使って、

「エナジーボルト」

よし、いける。

「ウェスカー。そなた、指先全てが光り輝いていて……なんというかとても気持ち悪い」

「なんてことを言うのだ」

俺は裸足のまま立ち上がる。

そんな俺たちに向かって、骸骨戦士たちが駆け上がってくるではないか。

赤い角のリーダー格はいないようだ。

雑魚だけか。

「行くぞ、ウェスカー！」

「すっかり仲間にされている！　まあいい、分かった」

レヴィアが剣を構えて疾走した。

真っ先に走り出してくる骸骨戦士と、切り結び始める。

なんと血の気の多い王女だ。

俺は両手を広げ、レヴィアを外すイメージをしながら、魔法の名を呼んだ。

「エナジーボルト！」

俺の十指が紫色に光り輝く。

そして、十方向に向けてエナジーボルトが放たれた。

この攻撃を予測していなかったらしい骸骨戦士たちが、魔法に撃たれて仰《の》け反《ぞ》り、あるいは転倒する。

「ああ、さすがに分けて撃ったから弱くなっているな。だが、この魔法はさしずめ、ワイド・エナジーボルトとでも言っておこうか」

「魔法使いだ！　魔法使いがいるぞ!!」

骸骨戦士の誰かが叫ぶ。

髑髏《どくろ》の形をした兜が、皆俺に注目する。

「何の、魔法使いはやらせんぞ!!」

レヴィアは叫びながら、打ち合っていた骸骨戦士の剣を弾き飛ばし、返す刃で切り捨てた。

強い。

だが、明らかに手数が足りてないな。

俺目掛けて、村を襲った骸骨戦士たちが次々集まってくる。

俺は悠然と、その場で仰向けに寝転がった。

「なにぃ!?」

これには骸骨戦士たちも驚いたようだ。

俺の手足は持ち上げられ、四方を向いている。

手足で合計二十本の指先が、紫色に光り輝く。

「エナジーボルト!!」

あらゆる方向に向けて、二十本の光の矢が放たれた。

「ウグワーッ!?」「ウグワーッ!?」「ウグワワーッ!?」

骸骨戦士たちが、俺の魔法を受けて、次々に倒れていく。

それに対し、レヴィアが一体一体、剣を突き立ててとどめを刺していくのだ。

「やはり、威力が何よりも問題だな」

全ての骸骨戦士に魔法を当てた後、俺は立ち上がった。

レヴィアがふうふう言いながら、倒れた骸骨どもを処理している最中だ。

「第一、魔法っていってもこれが何なのかさっぱり分からない。エナジーボルトの他に何があるんだ？」

いよいよ炎上を開始した村を背後に、俺は考え込むのだった。

焼け跡の村を後にして

夜明けまで待った。

俺は眠くて、ぐうぐう寝てしまったのだが、レヴィアは一睡もせずに村が焼け落ちていく様を見ていたらしい。

「勤勉だなあ、お姫様は」

俺が声を掛けると、じっと立ったまま俺に背を見せていた彼女が、ビクッとした。

そして、

「う、うむ、おはよう」

「寝てたなあんた!?」

立ったまま寝るとは器用な……!!

「しかし意外だったなあ。お姫様は俺が見るところ、英雄っぽい願望があったりするのかと思ってたから、村の消火を助けに行くと思ってたんだけど」

「私が消火活動に行っても、せいぜい一人分の人足が増えるだけだろう。そこであの骸骨戦士団がまたやって来たらどうする？　村人では抗《あらが》えまい。私の手を空かせておくことこそが肝要だったのだ」

「なるほど」

俺はとても納得した。

「それではレヴィア姫、飯にしませんか。離れにもお茶っ葉とビスケットくらいは用意してあるんで。あ、ビスケットは多分しけってる」

「構わない。食事にしようか」

俺たち二人は連れ立って、離れに戻っていった。

湯を沸かして、適当な量のお茶っ葉を放り込むと、俺はしけったビスケットを皿に並べた。

並べる段階で、あ、これはさすがに、一国の王女に出すのは失礼だったかな、と思ったのだが。

「うん、食べられるじゃないか」

レヴィアは平然と、お茶もなしにむしゃむしゃ、しけったビスケットを食う。

カビが生えていたが、カビの部分だけ削って食う。

ワイルドだ。

やがて湯が沸いたので、茶を淹れた。

「ミルクはないのか？」

「うむ。俺のような穀潰しに、ミルクをくれる村人はいないんだ」

「一々悲しいことを言う男だな、そなたは」

「まあなんだ。ミルクなしの茶に慣れてるから、今日みたいな緊急時にミルクなしの茶を飲むことになっても動じないわけだよ。ミルクなしであったことには意味があったんだ」

そう伝えながら、花蜜を落とした茶を飲んだ。

この花蜜は、俺が暇な時に色々な花から集めてきて、煮詰めて作ったものだ。

常に暇だったので、この食器棚の下部には売るほど作ってある。

「この蜜はいけるな。そなた、蜜を作る職人として都で食っていけるぞ」

「ほんと!?」

「ああ、いや、都には蜂蜜を仕入れている商人がいるからな。やっぱり無理だ」

「そりゃ残念。だが、逆に言えば俺もミツバチを飼って蜂蜜を作ればいいのではないか……」

そのような会話をしていた時である。

バーンと、扉が蹴り開けられた。

俺はびっくりしてそちらを向く。

レヴィアは既に抜剣しているようだ。

「……なんだ、地主殿か」

やってきた一団を認めて、レヴィアは柔らかな語気で言う。

だが、剣を収める気配はない。

何やら荒事の気配を感じたので、俺も自分が考えたファイティングポーズを取っておいた。

これは蝶を捕らえるカマキリの姿に構想を得たものである。実戦で使ったことはない。

「レヴィア姫様……！　我が村が、焼かれましたぞ……！」

「ああ、理解している」

「理解しておられるなら、何故お救い下さらなかったのか!!」

うちの父親が大声を張り上げる。

すると、彼の後ろについてきていた、村の男たち、女たちが怒号を以て同意した。

大変うるさい。

「ジャンの家が焼かれ、畑も、家畜も、そしてジャンの一家も皆、侵入してきた奴らに殺されました！　ジャンだけではない！　ロッコの家も、ガズンの家も被害を受けました！　これは、これでは、村は年を越すことができませぬぞ!!」

「そうだそうだ！」

「武装した王族がいて、なんで何もしなかったんだ！」

「普段兵役に若いのを行かせてるのに、いざとなったら役立たずか！」

「大方、あんたがあの戦士たちをこの村に呼び込んだんじゃないのか！」

雲行きが大変怪しくなってきた。

俺はその場でスッと靴を脱ぎ、すぐにでも窓から逃げられる準備をする。

だが、レヴィアは堂々とした姿勢のまま揺らがない。

彼女は見たところ、恐らく二十歳になるかならないか。

そんな年若い女が、村人たちの怒りに晒されながら、まるで動じていないのだ。

「うむ。そなたらが受けた苦痛と悲しみ、想像するに余りある。私からは哀悼の意を表そう。そして同時に、被害がこの程度で済んだことを感謝して欲しいものだ」

「なっ……なんだと!?」

激高したのは、父親と一緒に来ていたパスカーだ。

確か、ジャンの家の娘がパスカーといい感じだった記憶がある。

まあこの兄は、村中の年頃の女たちと関係を持っていたような記憶もあるので、気になっていた女の一人が骸骨の戦士に殺されたというところだろうか。

とにかく、パスカーは激怒していた。

「言うに事欠いてその言いぐさか!!　いかに王族といえど、あんたは所詮第二王女だ！　お飾りの姫が、俺たち王国を支える臣民に偉そうな物の言い方をできると思ってるのか!?」

「それ以上いけない」

俺は兄貴を制した。

「お前!!　この村に世話になっておいて、王族の肩を持つのか！」

「えっ!?　俺、世話になってたのか!?　あ、飯くらいは食わせてもらってた気がするが。それはそうと、まあ終わってしまったことは仕方ないじゃないか。犯人捜しはやめて前向きにいこうじゃないか」

俺の言葉を聞いて、父と兄、村人たちのこめかみに青筋が浮くのが分かった。

おかしい。

なんで怒るんだろう。

「レヴィア姫様、彼らはとても気が動転しているぞ」

「ああ。そなたが猛烈に火に油を注いだな。あれか。そなたが空気を読まないというか、読めないのは才能だな」

「なるほど」

俺は納得した。

才能なら仕方ない。

だが、レヴィアは一応、俺をフォローしてくれるようだ。

「良いか。この村の被害がこの程度で済んだのは、私と、ここにいる魔法使い、ウェスカーの働きである。それがなければ、そなたらは今頃生きてはいなかっただろう」

夜が明けると同時に、俺たちが倒した骸骨戦士たちの死体は、すっかり消え失せてしまっていた。

だから今現在、俺たちが昨夜、骸骨戦士たちと激闘を繰り広げた証拠はない。

「嘘をつけ」

ほら言ってきた。

「第一、ウェスカーを昨日から、魔法使いだ魔法使いだなどと言ってるあんたが信じられん。そもそも、あんたが本当に姫様なのかどうかも怪しいもんだ。何故、供の者一人もいないで、第二王女がこんな辺境の村に来る！」

「私の供は、全てあの骸骨戦士団に殺された。私を魔法で助け出したのが、このウェスカーだと言ったろう？」

パスカーが詰め寄ろうとするが、レヴィアは一歩も引かない。

その手には抜き身の剣が握られているから、村人たちもおいそれと彼女に手出しできないのだ。

しばし、にらみ合いが続いた。

にらみ合いが長くなりそうだったので、俺は席について、冷めてしまったお茶を飲み、しけったビスケットを貪った。

これを見て、村人たちは物凄く何か言いたそうな顔をしていたが、人間言われなければ分からないものだ。

俺はレヴィア姫の分を革の袋に詰め込み、背負袋を用意した。

そして、この辺りでうちの父親の堪忍袋の緒が切れたようだ。

「出ていってくれ。……出ていってくれ!!　そしてもう二度とこの村には来ないでくれ!!　このことについては、王都に報告させてもらう！　村はずっと平和でやって来ていたんだ！　何不自由なくやって来ていて、都にも税を収めて、それがどうしてこんな目に遭わねばならんのだ！　そこの穀潰しが気に入ったのなら、そいつもつけてやる！　さっさと出ていけーっ!!」

「そうさせてもらおう」

レヴィアが目を細めた。

おお、なんだか彼女から、凄い迫力を感じる。

「だが、最後に忠告しておく。平和な時代は、終わったのだ。気持ちを切り替えろ。さもなくば、死ぬぞ」

「なるほど」

俺は姫の言葉にしみじみと頷いた。

これが、村人たちの癇に障ったらしい。

「出ていけーっ!!」

大合唱で追い出されてしまった。

こんなこともあろうかと、背負袋にはビスケットに花蜜の瓶、そして水袋にはありったけの茶を入れてきている。

「ウェスカー。すまない。私の巻き添えを食って、そなたが村を追い出されることになってしまった」

「ああ、それはそれです。過ぎたことは仕方ないので気にしないで」

旅の空であった。

俺たちは、焼け跡の村を背にして山道の途中にいる。

「それに、姫様が言った話が本当なら、平和な時代が終わって、骸骨の戦士みたいなのがたくさん出てくるようになるんだろ？　それなら村にいたって旅をしてたって同じようなもんだろ」

「ほう、そなたは前向きなのだな……」

「うむ。俺は、俺が俺であるというだけで何もかも許されると思ってます。ってわけで、姫様のやることを手伝うよ。何をすればいい？」

「ああ、心強い……！　まずは、別荘にいついた骸骨戦士団を一掃するぞ！」

次なる目的地を決め、俺とレヴィアは旅立ったのである。

鮮烈のシュテルン

「エナジーボルト」

俺が放った紫の光は、頭上の葉を落としながら途中でその軌道を変更する。

直角に曲がって、真横にある葉を貫いた。

「徐々に使いこなしていっているようだな。相変わらず、詠唱がないのが不思議だが」

「その詠唱ってのがよく分からないんだよな。俺はいきなりこれが使えるようになったわけなんで」

今度は何も言わずにエナジーボルトを放つ。

今は、レヴィアの別荘に続く道の途中だ。

日が高いから、エナジーボルトをぶっ放しても遠くからは見えない。

太陽の光が、魔法の輝きを覆い隠してしまうのだ。

「あとどれくらい？」

「日が高い内に辿り着ける。敵は不死の戦士たち。日が落ちる前に勝負をつけるのが肝要だろうな」

「なるほど。手札は俺のエナジーボルトと、あとは姫様の」

「私はこの剣と、あとは別荘にある槍、槌《つち》、弓に弩、何もなくなれば拳闘も扱える。それと、僅かだが刃を鋭くする魔法、そして鎧を柔らかくする魔法」

「そんなのもあるのか……！」

レヴィアが多芸であることには驚いたが、何よりも彼女が口にした魔法の種類が、俺の使えるものとは全く違うものだったので、とても興味を惹かれた。

「教えてくれー」

「本来、魔法を教えるには魔導書が必要なのだがな。よほど腕のいい魔法使いでなければ、口伝で物事を教えられはしない。ちなみにそなた、文字は？」

「暇だけは死ぬほどあったから、文字は一通り読めるまで勉強した。そうしないと暇つぶしの読書ができなかったからな」

「それは結構。都に行くなら、そなたにちゃんとした師匠をつけてやれるだろう。その時に、読み書きから教えるのでは間に合わぬからな」

魔法の師匠と来たか。

「それじゃあ、そんな半端者の俺をつれて、そのシュテルンとかいう骸骨戦士を相手にするのはいいわけか？」

「そなたの魔法は型にはまっていない。むしろ、戦場でこそ生きるものと私は見ている」

「なるほど」

「ついたぞ」

王女が剣を抜き放った。

山道が突然開ける。

周囲は木々が切り開かれており、広場の中央に村の地主の家よりもよほど大きな屋敷があった。

「……これが別荘？」

「そうだ。仮にも、一国の王が宿泊する別荘だぞ？　そなたの離れがウサギ小屋のような大きさだっただけだ」

「ひでえ」

俺たちは肩を並べて、堂々と別荘に近づいていった。

別荘の窓にはカーテンが張られている。

屋内に光が入り込まないように工夫しているんだろう。

昼だっていうのに、誰も外には出てきていない。

「中に全員いるっぽいね」

「突入しながら、窓を開けていくぞ」

レヴィアは緊張しているのか、乾いた唇を舐めた。

「喉渇いてる？　お茶どうぞ」

「ありがとう」

手渡した水袋から、王女は一気に中身を飲み干した。

お、俺の分があ。

「ふう、落ち着いた。行くぞ……！」

告げるなり、レヴィアは駆け出した。

軽装とはいえ、鎧姿とは思えない速度だ。

そのままの勢いで別荘の扉に突撃し、

「告げる！　固き物は柔らかに！　凝り固まる結束を解きほぐせ！　弱体化《ウィークネス》!!」

握った剣を振り下ろした。

すると、硬そうに見えた分厚い木の扉が、まるで焼き菓子のようにやすやすと刃を飲み込んだ。

亀裂に向かってレヴィアが肩をぶつけると、扉は真っ二つにひしゃげて内に向けて倒れ込んでいった。

「おおー、これが魔法か……！」

扉の前には、ちょうど骸骨騎士が待ち構えていたらしい。

差し込んできた光をまともに受けて、一瞬硬直する。

それを、レヴィアは返す刃で叩き切った。

「浅いか……！」

「その魔法いただき。ええと、ウィークネスだったか？」

俺が魔法の名前を唱えると、踏み出した板張りの床が柔らかくなり、割れた。

「おっと、いかんいかん。射程距離は至近距離か。姫様はもう少し遠く離れていたところまで届かせていたが」

俺はレヴィアに続いて屋内に踏み込みつつ、拳を構えた。

そこに、脇の扉が開いて次々と骸骨の騎士がやって来る。

レヴィアが倒しきれなかった骸骨も起き上がる。

「エナジーボルトと組み合わせてみようか。ええと、ついでだからワイドで！」

構えた拳を開く。

五指をいっぱいに展開し、

「ワイド・エナジー・ウィークネス！」

紫の輝きが指先に宿る。だが、そいつがいつもよりもくすんで見えた。

俺はこれを、骸骨戦士たちに撃ち出すイメージを思い浮かべた。

射出される紫の光。

それはまっすぐ飛んだ……と見せかけて、どれもが飛ぶ方向を大きく曲げて、骸骨騎士目掛けて飛翔していく。

炸裂だ。

レヴィアがダメージを与えていた奴は、これで動かなくなる。

他の骸骨戦士たちは、目に見えて動きが鈍くなった。

「弱体化の魔法を使ったのか⁉　いや、今のはエナジーボルトだったような……。まあいい！　たあっ！」

レヴィアは思考を切り替えながら、骸骨戦士に斬りかかる。

すると、突き立てられた刃が、何の手応えもなくずぶりと骸骨の鎧に食い込んだ。

そして、不死の戦士を両断しながら抜ける。

「おおっ⁉　エナジーボルトと同時に、相手の鎧を脆《もろ》く変えたのか！」

驚きながらも、レヴィアの思考は柔軟だ。

ウィークネスの効果がいつまで持つのかは分からないが、彼女は休みなく動きながら、俺の魔法が当たった骸骨戦士たちを撃ち倒していく。

「いいぞいいぞ。俺も頑張っちゃう」

レヴィアの戦いぶりは、まるで村に来た旅芸人が見せた剣舞のようだ。

実に格好いい。

俺だって格好よくしてみたくなるではないか。

俺は靴を脱ぎ捨てると、裸足になった。

つまり本気モードである。

別荘の階段から、奥の扉から、天井から、骸骨戦士たちがやって来る。

「エナジーボルト祭りだ！　どんどん持っていけ！」

俺の宣言とともに、薄暗い屋内を、紫の閃光が何重にも彩る。

「ウグワーッ！」「ウグワーッ！」「ウグワーッ！」

骸骨戦士たちは次々に倒れていく。

一瞬でも、連中の攻撃をまともに食らったら終わりである。

なので、先手必勝なのだ。

俺の指の全てから、足の指の全てから紫の光が飛ぶ。

ぴょんぴょん飛び跳ねながらエナジーボルトをぶっ放す俺、実に格好いい……。

「ウェスカー……。その、言いづらいのだが……変なダンスを踊っているようにしか見えない……いや、そなたの魔法が最も効果的に使える戦い方だと理解はしているのだが」

「そう？　ありがとう！」

必死に言い繕ってくれているのは分かったので、礼を言っておく。

レヴィアはそんな事を言いながらも、きちんと俺が撃ち落とした骸骨戦士たちを倒して回ってくれているのだ。

随分な数を撃ち倒したように思う。

さすがにどれだけ人数がいたとしても、骸骨戦士が無限にいる訳はないだろう。

こうして暴れていると……。

「好き勝手に暴れてくれる……！　まさか、今代の王女ともあろう者が、これほどのお転婆だとは夢にも思わなかったぞ」

聞き覚えのあるいい声がした。

来た、来なさったぞ。

階上に、赤い影が現れる。

額に一本の角がある、特別製の骸骨戦士。

鮮烈のシュテルンだ。

「来たか……！」

レヴィアは肩で息をしているが、まだまだいけそうだ。

シュテルンは俺とレヴィアを交互に眺めてから、跳躍した。

「エナジーボルト！」

俺は即座に紫の輝きを撃ち込む。

これを、シュテルンは抜き放った剣で受け止めた。

かなりの速度が出ているはずだが、これを見てから止めるのだ。

「ワイド・エナジーボルト！」

俺は十指を広げて、光を放つ。

すべての光が、シュテルンを包囲するように展開し、一気に十方向から襲いかかった。

「なんと!?　一晩で腕を上げたな！」

シュテルンは驚きながらも、高速で回転する。

襲いかかるエナジーボルトを、次々に剣で打ち払っていく。

あっ、こいつ強いぞ!!

「鮮烈のシュテルン！　冥府へと帰るがいい!!」

レヴィアが駆けた。

彼女の剣が閃《ひらめ》く。

「**告げる！　鋭き力を宿し、我が剣よ敵を切り裂け！　鋭角化《シャープネス》!!**」

「!!」

シュテルンは、レヴィアが攻撃と同時に魔法を使ったのに気付いたらしい。

剣で受けようとして、すぐさま方針を転換した。

巨体を素早く屈《かが》めて、レヴィアの刃を肩の鎧で受け止める。

真紅の甲冑が、やすやすと切り裂かれて飛び散った。

「魔法まで扱うか。やはり貴様は危険だな、レヴィア王女。あの方が危惧された通りだ」

「あの方……？」

何か意味深なことを言った。

「もっと詳しく」

俺もちょっとずつ間合いを詰めながら、問いただした。

「これは失言だったな。だが、ここから先を聞く必要はないだろう。何故なら貴様らはここで死ぬからだ……!!」

シュテルンが床を蹴る。

俺に向かって走ってくる。

これは大変やばい。

俺は逃げようと思った。

だが、ちょっと待て。

おお、ちょうどいいところで、時間感覚がゆっくりになってきた。

いつの間にか、目の前にシュテルンの剣が迫ってきている。

あとちょっと進むと俺の額をぶち抜く辺りだ。

何やら、俺の頭の中を今までの思い出が駆け巡り……。

ノーノーノー!!

今はそういう状況じゃない。

対策を考えよう。

この距離だと、エナジーボルトを手から放つには近すぎる。

ある程度飛ばないとエナジーボルトは曲がらないし、腕を振り上げる余裕はない。

じゃあどうする。

目か。

俺は目にエナジーボルトをかける。

放たれる、紫の閃光。

「ぬうっ!?」

俺は生死の境目で、死ぬほど集中したらしい。

今までになかったほどの強烈なエナジーボルトが出た。

こいつが、目の前に迫ったシュテルンの刃を真っ向から受け止め、非常に危ない距離で拮抗する。

「また目から光を放って……!! 貴様、本当に人間なのか!?」

「よくぞ堪えたウェスカー!」

シュテルンが狼狽した一瞬が重要だった。

レヴィアが追いついてくる。

まだ、鋭角化の魔法がかかっているらしいレヴィアの剣が、後ろからシュテルンの鎧に突きこまれる。

「ぬぐううっ……!?」

赤い骸骨戦士は、凄まじい声で吠えた。

だが、剣を引けば俺の目から出た魔法がこいつに当たる。

身動きが取れないというやつだ。

「おのれえっ……!!」

シュテルンは一声、口惜しげに呻くと、剣を外した。

その途端、俺の目から放たれ続けている魔法が、奴の脇腹にぶち当たり、削り取った。

ぶすぶすと煙が上がる。

だが、シュテルンは消滅しない。

獣のような吠え声を上げながら、背後のレヴィア目掛けて剣を叩き付けた。

「くっ!!」

レヴィアがそれを受け止める。

すると、シュテルンの剣は呆気なく、宙を舞った。それと同時に、赤い鎧は空気に溶け込むように消えてしまっていた。

「ありゃ？　姫様、シュテルンが……」

「逃げたか……！」

どういう方法を使ったのか、あの赤い骸骨戦士は逃走してしまったようだった。

「だが、骸骨戦士団は壊滅させた。ただの二人でどこまでできるかとは思ったが……やれるものだな。そなたの助力のおかげだ、魔法使いウェスカー」

「いやいや」

差し出されたレヴィア王女の手を、俺は固く握り返したのである。

第二章　王都で成長大魔導

IKINARI
DAI-
MADOU

王都到着

別荘にて、旅に必要な食料、消耗品の類を手に入れる。

背負袋には、村から持ってきた食料やお茶が入ってはいるが、別荘にあるこれらはどれも、持ってきたものより遥《はる》かに上等なものばかりだ。

「すっげえ、この干し肉。臭みとか変色がねえ……」

「調理の技を心得た者が処理した保存食だからな。村人が独自に作ったものよりは、見た目と味はいいものだ。その分、持ち具合は少し劣るかもしれないがな」

「本末転倒じゃないか」

だが実に美味《うま》そうな干し肉なので、小袋に詰め込んでいく。

茶葉の類も豊富だった。

調理場の設備を勝手に使い、湯を沸かした。

たっぷりと上等な茶葉を使い、淹れた茶は半分はこの場で飲んで、半分は冷まして水袋に注ぎ込む。

「骸骨どもじゃ飯は食わないもんな。全然荒らされてない」

「連中は野盗ではない。もっと、人間にとって致命的な存在の尖兵《せんぺい》だ」

厳しい顔をしたレヴィアはそれだけ言い、俺が淹れた茶を啜った。

パッと表情が明るくなる。

「美味いな。前も思ったが、そなたは茶を淹れるのだけはセンスがあるのかもしれない」

「自分でも淹れたりしていたからな。茶葉をもらえない時は、その辺の雑草が茶にならないか試してた時期もあるんだ。ありゃあ、ひでえもんだった」

「話を聞くたびに、そなたの境遇は笑えるほどみじめだな……。私も似たようなものだが。……さて、一服したら出立しようか」

レヴィアはこれからの予定を話し出す。

骸骨戦士団をぶっ倒した翌日のことである。

別荘のベッドは連中に散々にぶっ壊されていたが、ましな形を保ったシーツを使い、床で寝るだけでも実家の寝床よりはましだった。

いやあ、本当にいい布を使っている。

王族は羨ましいな。

無論、布は端切れにして、リュックの中に突っ込んだ。

野宿した時に、毛布代わりに使おう。

「じゃあ、今日出立して、夜には到着できるわけか？」

「馬を使えばの話だがな。途中の村で、馬を徴集していく。馬は乗れるか？」

「荷馬を暴走させて村中から折檻されたことはあるぞ」

「本当にそなたはろくなことをしないな!?　だが、荷馬には乗った経験があると。まさか裸馬か？」

「乗馬用の馬なんて結構なものは、キーン村にはなくてね。なんで、まあ乗れる方だと思うぜ」

「結構」

満足げにレヴィアは頷くと、テーブルの上に雑に盛られたスナックの類を、むんずと掴み取り、むしゃむしゃと食べた。

いいお行儀だ。

俺も、持っていけない分の干し肉などはこの場で焼いて食う。

「ブランデー飲んでいい？」

「旅の邪魔にならない程度なら構わない」

お許しをもらったので、味わったこともないほど上等な蒸留酒を口にする。

物凄い上品な芳香と、よく分からないが凄まじく美味いことだけは分かる味わいだった。

勿体無いので、瓶ごとリュックに放り込んだ。

旅の空は順調だった。

というのも、当然だろう。

ユーティリット王国近辺は、ここ百年以上に渡って平和な状態を保ち続けている。

死んだ俺の爺さん、つまり先代のキーン村の地主も、生まれた頃から争いなんてものを一度も経験したことがなかったそうだ。

レヴィア王女の七代だか八代前の王は、傭兵騎士たちを雇う程度には荒事を経験していたらしいが、それだって俺は言い伝えにも聞いたことがなかった。

つまり、その程度の争いの規模だったってことだ。

ちらほらと野盗は出るが、そいつらは人の命を奪うまではしない。

村や町は緩く交易で繋がり合い、それなりに誰もが豊かで、生きることができる世界だ。

ってわけで、争いなんか求めてない。

みんな平和であることが当然。

戦いは起きるものじゃない。

ユーティリット王国の今は、つまりはそういう時代。

「馬を二頭貰い受ける。代金の請求は王宮の主計科まで」

「ああ、こりゃあ、第二王女様ですか！　どうぞどうぞ。だけど、こいつらはあっしの商売道具でもありましてねえ。後でお支払いいただけるとは思いますが、当座の収入が絶たれちまうんで」

平和な時代に何が物を言うかというと、血筋やコネクション、根回しをする力、それから金だ。

まあ、レヴィアにはこのうち、血筋しかない。

王位継承権もなく、第二王女という立場から、他国のそれなりの貴族の妻になる未来しかない女には、コネだってそっぽを向く。

そして、俺にはこのうち全部がない。

平和な時代だ。

腕一本で立場を逆転なんてこともできないので、俺たちみたいな持たざる者には大変に厳しい時代だってのも確かだ。

「ふむ」

レヴィアは目を細めた。

なんで、この王女様は失うものがない。

この人の目が据わると、何かとんでもないことをしでかしてしまいそうに思える。

そんなわけで、俺は彼女の代わりを務めることにした。

思い切り踏み出してきて、

「あ？　なんだおめえ。王女様の小間使いかなんかか？　育ちの悪そうな顔しやがって」

つま先で、馬主の足下に触れた。

「ウィークネス」

「あ？　ああああああああああ!?」

馬主の足下で、床がいきなり抜けた。

木製の床なんだが、腐ってたのかもしれないな。こわいなー。

馬主は真っ逆さまに下に落ちて、目を回したようだ。

「ウェスカー、やるな」

「小狡《こずる》い悪事には慣れてますんでね」

俺たちは平和的に、馬を借り受けた。

借用書はきちんと、馬主が落ちた穴の脇に残していく。

馬の速度は大したものだった。

徒歩でたらたら旅をしているよりも、何倍も速い。

俺は村の中で荷馬を乗りこなしたことはあったが、外を乗用馬で走るのは生まれて初めてだ。

馬ってのはこんなに速かったんだな。

レヴィアの手綱さばきは大したもので、俺は手綱なぞ分からんので、馬のやりたいようにさせてやった。

するとまあ、うまくいくものだ。

俺の馬はレヴィアの馬の後をちゃんとついていくので、楽なものである。

耳の横を、猛烈な速度で風が流れていく。

そのために、ろくにレヴィア姫と会話することができなかった。

俺は随分な速度で走っていた気がしたのだが、彼女的には馬が無理をしない程度で留《とど》めていたらしい。

二度の小休止で、馬に水をやって、俺が出すものを出して、そんなことをしてようやく目的地にたどり着いた時には、もう良い時間だった。

日がとっぷりと暮れている。

「止まれ！」

ばかでかい門の前で、門番の兵士が飛び出してきた。

横に詰め所があるんだな。

兵士たちは長い柄のついた斧槍を構えて、こちらを威嚇してくる。

「私だ！　レヴィアだ！　通せ！」

「レヴィア殿下ですか!?　いや、ガーヴィン殿下から命じられておりまして。朝になるまで、城門を開けてはならぬと」

「……誰？」

「兄だ。第一王子ガーヴィン。何もなければ次の王となる男だ」

レヴィアが吐き捨てるように言った。

どうやらこのお姫様は、肉親から厄介者扱いされているようだ。

大変、親近感を覚えるな。

「それどころではないと言っているだろう!!　魔王だ！　魔王が蘇るのだ！　現に、お前たちが私を追い出した時、付き従った者たちは皆、死んだ!!」

「……まただよ」

「また、レヴィア殿下のほら話か」

兵士たちがボソボソと囁きあう。

なんだろうな、これは。

「姫様、あいつら感じ悪くない？」

「そなたの村と一緒だ。この国では、誰もがこの平和に現《うつつ》を抜かし、争いの日がやって来るとは思ってもいないのだ……！」

「えっ、姫様もあれか。俺みたいに悪戯《いたずら》三昧してたのか」

「い、一緒にするでない!!　それは、まあしてないといえば嘘になるが、私が受けた啓示はまがい物ではあり得ない！」

「なるほど。ではご同輩ということで、俺が代わりにこいつらのしちゃう？」

「やめよ。王にこの度の話を伝える前に、私たちの立場が悪くなるぞ！」

「面倒くさいなあ……」

「私も面倒くさい。だが仕方ないのだ!!　ええい!!　お前たち！　何をぼーっと突っ立っている!!　私たちは兄上の言いつけどおり、ここで野宿する!!　お前たちはさっさと持ち場に戻れ！　戻らないなら私が切り捨てるぞ!!」

馬から飛び降りて、剣を抜いて吠えるレヴィア。

兵士たちはそれを見て、慌てて詰め所に逃げ込んでいった。

レヴィアは大変憤慨したらしく、近くの立木に向かって剣を何度も叩き込み、蹴り、さらに拳でワンツーパンチを連打した後、勢い良く後ろ回し蹴りを叩き込んだ。

「姫様、落ち着こう。な？　ほら、ここに……酒がある」

「くれ！　もう、酒を飲まねばやっていられん!!」

かくして、俺とレヴィア姫は向かい合って座り、火を焚いて干し肉を炙《あぶ》り、持ってきた酒を回し飲みである。

フフフ、女子と間接キスだ。

ちなみに、互いに猛烈にアルコールに強かったらしく、ほろ酔いになった辺りで飲み尽くしてしまった。

ちょっと目元が赤らんでいる姫様、立ち上がる。

そして、詰め所の扉をガンガン蹴り始めた。

「お前たち!!　詰め所の中に酒があるだろう！　供出せよ！　王女よりの命令である！　さもないとひどいぞ!!」

「わっはっは！　王女様が臣下を脅迫してる！　いかがなものか！」

「ああ、私は王女だぞお！　だがぁっ、今はただの酔っ払いだあ！」

「ひいいい!?」

詰め所に悲鳴が響き渡る。

いやあ、長い夜になりそうだ。

宮廷魔導師大いに驚く

翌朝、いい気分で道端で爆睡していた俺と王女は、兵士たちに起こされた。

馬は繋ぎもしていなかったが、逃げずに近場で草などを食っていた。

「レヴィア殿下！　ああ、もう、なんて格好をなさってるんですか！」

身なりのいい女がやって来た。

「誰？」

「乳母のネーヤだ」

レヴィアはしかめっつらをした。

そして、俺と彼女は用意された馬車に詰め込まれ、民衆の目に留まらないように配慮されながら、城へと運び込まれていった。

姫様の乳母やお付きの者たちには、俺が何者かは分からなかったのだろう。明らかに冴えない村人である俺を見て、物言いたげな表情をした。

だが、王女が俺に気を許しているようなのと、俺を同行させろと命じたことで、とりあえず従者扱いとすることに決めたようだった。

　その後の俺は、風呂に叩き込まれ、なんか凄くもじゃもじゃしたブラシで洗われ、泡だらけになり、勿体ないくらい豪勢な布で水気を拭き取られて、袖を通したこともないほど上等で、しかもゴテゴテとした服を着せられた。

「動きづらいんだけど」

「文句を言うな。ったく、こんなどこの馬の骨とも知れん奴を……」

「お腹減ったんだけど」

「ええいうるさい！　勝手にテーブルの上の果物をつまめばいいだろう！」

　俺を担当するらしきおっさんの言質を取ったので、テーブルの上に盛られたオレンジやリンゴの類を猛烈な勢いで食べ始めた。

「ああああ服が汚れる！　服が汚れる！」

　おっさんの叫び声を聞きながらリンゴをもりもり齧《かじ》っていると、ノックもなしに扉が開いた。

　俺は扉の向こうに立つ人物を見て、リンゴをぽろりと落とした。

「誰この人。すっごい美人なんだけど」

「はあ!?　そなたは何を言っている？　私だ。レヴィアだ」

「は!?」

　肩口で切り揃えられた髪……は、ウィッグで長く付け足されている。

赤を基調とした、大変装飾の多いドレスに身を包み、ウェストはコルセットできゅっと締められ、胸元が大胆に開いている。

おおっ……、でかかったんだなあ。

「その、よく似合ってる。物凄く悪趣味なドレスだけど」

「最後は余計だ。そなたは全く似合ってないな」

「俺の一番良く似合う服装は裸かもしれない」

「それは見たくないな」

そこで会話に横槍が入った。

「レヴィア殿下。陛下がお呼びです」

「そうか。ではウェスカー、ついてこい」

「いや、そちらの方は呼ばれては……」

「私が来いと言ったのだ」

呼びに来た女官を、姫様が一睨みで黙らせる。

まあ、骸骨戦士と切り結べる実力を持った女だからな。ただの女官ではあの視線に耐えられまい。

女官は真っ青になり、大量に冷や汗をかきながら、俺の同行を認めた。

俺はテーブルの上から、オレンジとリンゴ、ブドウを大量にポケットに詰め込んでからレヴィアについていくことにした。

通されたのは、王との謁見の間ではなかった。

何というか、もっと王族のプライベートな空間だろう。

入り口には護衛がいたが、扉の向こうは平和な空気に包まれていた。

まあ、俺の人生には縁がなかったタイプの空気かもしれん。

「レヴィア！　別荘にてしばし頭を冷やせと言ったはずだが」

いきなり声を掛けてきたのは、レヴィアと同じ、金髪碧眼をしたイケメンだ。

これが例の、第一王子か。

「付いてきた者は皆死にました。魔王の軍勢が出たのです」

「またお前は、世迷い言を！　……まさか、その言い訳のために彼らを手に掛けたのか!?」

「ガーヴィン！」

ヒートアップしかけたイケメンを一喝したのは、大きなソファに腰掛けた髭の男だった。

これが王様？

「ですが陛下！　レヴィアはきっとおかしくなっているのです！　今もこうして、世迷い言を繰り返している！　それになんだ、お前が連れているそのよく分からない男は！　ああこら！　王の御前でオレンジを剥《む》いて食うんじゃない！」

「あ、いいオレンジですな！」

俺は果汁で手と口をベトベトにしながら挨拶した。

これを見てイケメン激怒。

「おい!!　あいつをつまみ出せ！　大体あれは一体なんなんだ!?　明らかに場違いな男だろうが！」

「兄上とて勝手は許さんぞ！　この男は私が見つけ出してきた魔法使いだ！　私はこの男と共に、魔王の尖兵である骸骨戦士、鮮烈のシュテルンを退けたのだから！」

レヴィアも負けてはいない。

彼女のドレスの脇のあたりにスリットがあり、そこに手を突っ込むと、レヴィア愛用の剣が鞘ごと出てくるではないか。

どういう仕掛けをしているんだ。

そして肉親だろうと剣を抜くことを辞さぬ、レヴィア王女の切れっぷり。

「まあ待てガーヴィン。レヴィアは確かに、昔から空想が好きな娘ではあったが、成人した今もこのようなことを繰り返すとは、何か事情があるのかも知れん。話も聞かずに追い出した余にも落ち度はあろう。レヴィア、話してみよ。それと、そこの男を魔法使いだと言ったな？　それは真《まこと》か？」

「感謝します、父上」

「レヴィア！　陛下であろう！」

「良い。この場は父と娘だ。父上で良いぞ」

「では、父上。この男は、キーン村という辺境の村にて、私が見出した魔法使いにございます。詠唱を用いずに魔法を行使し、私が魔法を使うさまを見て、すぐさま同じ魔法を使ってみせました」

「おお、なんと……！」

「ほう……!!」

王様は驚いている様子だが、また別の方向から驚きの声が聞こえた。

そっちを見ると、何やら頭が良さそうなおっさんが目を見開いてこっちを見ている。

濃紺のローブを纏い、手には水晶があしらわれた杖を握っている。

「ちょうどいい。彼が魔法使いだと言うなら、この場にいる宮廷魔導師に真偽を確かめさせよう。頼めるか、ゼロイド師」

「ここに」

宮廷魔導師！

つまりこのおっさんは、王に仕える魔法使いというわけだ。

俺以外の魔法使いに初めて会ったなあ。

「どうもどうも。ウェスカーです」

「ああ、ゼロイドだ。君が詐欺師ではないことを願うがね」

なんかいきなり嫌なことを言ってきたな。

「そうだな。ゼロイド師がいるなら話が早い！　ウェスカーが私の言うとおりの男だと証明してもらおう。私はその間、魔王の脅威を父上にお話しする！」

レヴィアが物凄い勢いで鼻息を吹き出した。

やる気だ。

ゼロイドと言うらしい宮廷魔導師は、俺とレヴィア、そして王様を見比べて、ちょっと困った様子だ。

すると王様が助け船を出した。

「良いぞ。何か、その男が本物であると調べられる道具があるのだろう？　真偽を明らかにせよ」

「はっ」

ゼロイドは改めて、正式に命令を下されて、ホッとしたようだ。

「ついてきたまえ」

俺を促して、外に歩き出した。

「食べながらでいい？」

「構わないよ。君は随分豪胆なんだな」

「あー、いや、偉い人とか、あまりピンと来なくてですね。俺は学がないんで」

ゼロイドの後ろを歩きながら、ブドウを皮ごと食う。

美味い。

「学がない？　私はユーティリットに登録された魔導師については、おおよそ全員を把握していると思うのだが、君の師となったのは一体どの魔導師なのかね？」

「いや、そういうのはないっつーか、いきなり使えるようになりまして」

「はあ!?　そんなことはあり得ないぞ。そもそも、魔法とは素質が大事なものだ。それでも、優れた魔導師を師匠《メンター》とせねば、魔法の使い方すら分からんはずだ。それとも、登録されていない在野の魔法使いを師としたとでも言うのか？」

「そうは言われてもですな」

「ではこの場で使ってみたまえ」

ゼロイドは振り返ると、俺に向かって強い視線を向けた。

これはあれだな。

嘘つきを見る目だ。

「あー。俺の魔法の使い方は、あなたのー……ええと、ゼロさん？　ご存じのやり方と違うみたいで」

「構わんよ。師となる魔導師によって、魔法の使い方は変わる」

「じゃあ、失敬。エナジーボルト」

俺が魔法の名を呼ぶと、ブドウの果汁にまみれた手のひらが、紫色に輝いた。

魔法の光の向こう、ゼロイドは無表情でこちらを見ている。

しかし、徐々に口がポカンと開き、驚きに目が見開かれていく。

「な、な、なんだね、それは……!? 詠唱は!? エナジーボルトと言ったか。ならどうして勝手に飛び出さない!? どうして手の上に留まっている……! いや、分かるぞ。その輝きは、確かにエナジーボルトのものだ。だが、このランプで照らされた明るい廊下でなお、輝きを知らしめる強さはなんだ!」

興奮して口の端から泡を飛ばしながらゼロイドはまくし立てると、俺に駆け寄ってきて腕をがっしり摑んだ。

「もっと詳しい話を聞かせてくれたまえ! これが君の魔法なのか!? 私が知らない魔法の使い方だ! 他に何ができる!? 何を使える!」

「エナジーボルトと、姫様が使ってるのを見て覚えたウィークネスだけですわ」

「はあ!?」

ゼロイドが物凄い間抜けな顔になった。

「た……たった二つか!? たった二つしか使えないのか!」

「でも色々応用できるんですよ。ほら、エナジーボルト」

俺は目をピカピカ光らせた。

「うわあああああ!? 目、目からエナジーボルトの輝きが!? 君は本当に人間かね!?」

凄く驚いている。

だが、ゼロイドは我に返ると、満面の笑みを浮かべた。

「面白い!!　ちょっと、君の能力を詳しく調べさせてもらえないか!　いや、実際君の、ウェスカーだったか。君がいるならば、レヴィア姫の言っている話もちょっとは真実味を帯びてくるぞ……!」

「なるほど」

俺は気圧《けお》されて思わずそう返したのだった。

ウェスカー、魔導書を読む

「入りたまえ。ここが私の部屋だ」

ゼロイドに促されて入ってはみたが、一歩踏み込むと物凄い臭いがした。

鼻をつんと刺激する臭いで、鼻水と涙が出てくる。

そして視界はピンク色の煙が漂っており、隣にいるゼロイドの姿も曖昧だ。

「ウェーッ！　ゲッホゲホッ！　な、なんじゃこりゃあ」

俺が思わずしゃがみ込んで、顔を涙と鼻水とよだれでべしょべしょにしながらのた打ち回っていると、ゼロイドがハッとしたような口調で言った。

「おっと、これはうっかりしていた。今は弟子が魔法薬を作っていてな。これを飲みたまえ。中和剤だ」

差し出された包みを開くと、どうも粉薬のようだ。

包みに俺の鼻水が垂れて、何だか粘度のある薬になってしまった。

「ぐっと飲みたまえ」

「でも俺の鼻水が落ちた」

「替えはないので飲みたまえ」

「ぐえー」

俺は悲しい呻き声を上げながら、薬を飲み干した。

幸い、鼻水で粘度が上がっていたせいか、水がなくても喉に引っ掛からない。全然嬉しくないが。

飲み込んだ途端、喉の奥から何やらスーッと爽やかな香りが上がってきた。

それが鼻を通り、涙腺を刺激し、急に目鼻が楽になる。

「おお、凄い効果だ」

「ハーブの類を煎じたものだよ。これが発する香りが、魔法薬の臭気を体内から迎え撃ち、拮抗している間は体に臭いが届かない。そうしているうちに、体内に魔法薬の臭気に対する耐性が生まれるようになっている」

「なるほど」

何を言っているのかよく分からなかったが、いい匂いがする薬であることだけは分かった。

心なしか、薬が効いた後だと、視界も晴れ渡って見える。

「ウェスカー、だったね。紹介しよう。私の弟子のイチイバとニルイダだ」

ゼロイドは先に歩いていくと、立ち上がってこちらを向いた二人の男を指し示した。

あ、いや一人は女だな。化粧をしていなくて、髪を短く刈っているだけだ。

「イチイバだ。師匠、こいつはなんなんですか？」

「私たちは薬を調合している最中なんですが」

「まあ話を聞きなさい。彼もまた、魔法使いなのだ。しかも、私が見たこともない方法で魔法を行使する」

「師匠が見たこともない方法!?」

「どういうことですか!?」

ゼロイドの弟子たちが食いついてきた。

知的好奇心というやつが旺盛な連中だ。だからこそ、魔法使いなんぞやってるんだろうが。

ちなみに、国に存在を認定された魔法使いを魔導師と呼ぶ。

魔法使いのままなら傭兵とか戦士と同じで、魔導師になったら騎士、みたいな感じだ。

身分証も発行されるから、怪しげな魔法使いというのではなく、魔導師という役職についた偉い人になるのだ。

ここにいる弟子たちは、まだ魔法使いのようだった。

「ウェスカー、また見せてもらっていいかな」

「いいよ。ほうら、エナジーボルトだ」

「うわあああ目が光ったあああ」

「人間じゃないいいいいい」

みんな同じ反応をしやがる。

とにかく、納得してもらえた。

イチイバもニルイダも俺を興味津々という目で見てくる。

さっきまでやっていた魔法薬の作業なんて、ほったらかしである。

「さて、ウェスカーはどうやら、正式に魔法を習ったことがないようだ。私としては、君が魔導師に師事していたらどれほどの魔法使いになったのか、残念でならない。だが、人間には遅すぎるということはないのだ。今からでも、学んでいくといい」

ゼロイドが壁際に行くと、そこには本が大量に並んでいた。

俺の家には数冊くらいしかなかったのに、ここは壁の端から端までが本棚になっており、そこに本がみっしりと詰め込まれているのだ。

聞いた話では、本一冊で荷馬一頭よりも高い場合もあるとか。

「ひょえーっ、読んでいいのか？」

「構わないとも。だが、君がもし魔法の初心者なら、読む順番がある。簡単に講義をさせてもらっていいかな？」

「いいですよ」

イチイバが俺の椅子を用意してくれた。

そして、二人の弟子が俺の後ろに座る。

目の前では、ゼロイドがすっかり物を教える体勢だ。

「まず、基礎の基礎から。魔法は、体内の魔力と、体外の魔力を使うんだ。体内の魔力をオド、体外の魔力をマナと言う」

「なるほど」

俺は聞き流した。

あまり興味がなかったからだ。なんか使えてるわけだし、呼び名はどうでもいいじゃないか。

「次に魔法の系統。これは大きく分けて、オドを使う生命魔法《ライフマジック》、マナを使う元素魔法《エレメントマジック》に分かれる。元素魔法は、地水火風、それに光といった自然にあるものを使い、あるいは呼び出すものだ。さらに高位には、ここではない世界に働きかけて力を引き出す、世界魔法《ワールドマジック》が存在する。だが、この世界魔法を使えるのは、魔導師の中の魔導師、大魔導と呼ばれる存在だけだ。この大魔導は歴史上、数人しか確認されていないが、誰もが他の魔導師の追随できない、強大かつ独自の魔法を行使したと言われている」

「あっ、師匠、こいつ寝そうです」

イチイバが俺がうとうとしていたのを密告した。

なんて奴だ、血も涙もない。

ゼロイドは苦笑して、

「まあ、まともな学び舎などに通ったこともないようだから、いきなりこれはきつかったのかも知れないな。ウェスカー。君が使っているのは、生命魔法だ。弱体化、鋭角化も生命魔法の範疇に入る。今から君が知るべきは、自分の外の世界の力を借り、そしてより強大な力を行使できる元素魔法だろう」

そう言って、ゼロイドが取り出してきたのは一冊の薄っぺらな魔導書だった。

表紙には、

『はじめてのげんそまほう』

と書かれている。とても読みやすい文字だ。

「子供向けの魔導書だ。基礎教育課程と一緒に、幼い魔法使いに読ませる本だね」

「なるほど」

イチイバとニルイダは、明らかに子供向けの魔導書を受け取った俺を見て、クスクス笑っている。

何を笑っておるのか。

子供向けといっても立派に本なんだぞ。

俺は割と、読書なんかも好きなのだ。

「魔導書には詠唱の仕方も書かれている。詠唱とは、先人たちが作り上げてきた、魔法を簡略化するシステムだ。この通りに唱えれば、魔法は発動し、攻撃するための魔法なら相手に向かっていく。回復するための魔法なら、傷口に向かっていくわけだ」

「あー、なるほどー」

ゼロイドの説明を聞いて、納得した。

俺が放ったエナジーボルトが、どうして勝手に発射されなかったのか。

俺が、撃ち出すとか放り投げるとかイメージしなければいけなかったのか。これは全部、詠唱をしてなかったせいなんだな。

だが、いちいち詠唱を覚えるのが大変面倒くさい。

「説明は苦手だろう？　ではまず、何かを使ってみたまえ」

「へいよ。えーと、これか。あったためる魔法？　火属性なんだな。詠唱は……くそ、面倒だな。いきなり使っちまえ。〝ウォーム〟」

魔法の名を呼ぶと、俺の手のひらがじんわりと温かくなった。

それだけである。

試しに、近くにいたイチイバを触ってみた。

「うわあ、生暖かい！　……どういうことだ？　ウォームが標的まで飛ばずに、手のひらに宿っている……。これは生命魔法の、付与《エンチャント》を組み合わせたのか？　いや、付与は高位の魔法のはず……！」

「これが涼しくなる魔法か。〝クール〟」

今度は、ぺたりとニルイダを触ってみた。

フフフ、役得役得。ローブの上からでも分かる感触……感……女性に大事なのは中身だよな。うん。

「きゃあ、冷たい!!」

クールは、風属性に属するらしい。詳しくは、風属性と水属性が合わさっているそうなんだが、その説明は難しいせいか、この魔導書には書いてない。

他に書いてある魔法といえば、泥団子を作る土属性の泥玉《ボール》と、水がこぼれるのを防ぐ、水止《キープ》め。

それだけだ。

俺はこの四つを、魔導書を斜め読みしてマスターした。

なんというかあれだな。魔導書にはエンターテイメント精神がないな。読んでてつまらん。

俺が僅かな時間で、初級魔法を使えるようになったので、ゼロイドはひどく驚いたらしい。

フフフ、俺の記憶力を見たか。

「全く驚いた……！　ウェスカー、君は、詠唱を通して魔力を行使するのではなく、魔法の本質を即座に見抜き、純粋な魔法の性質のみを発現させることができるのか！　……反面、詠唱はからっきしのようだが……これはとんでもない才能が現れたぞ……！」

明後日の方向を褒められたぞ。

俺がちんぷんかんぷんな顔をしていたら、ニルイダが説明してくれた。

「いい？　魔法の本質って言うけれど、それは本来、呪文詠唱が生まれる以前の大魔法帝国時代の大魔導師でもなければ分からないものなの。それくらい難解なの。力を見出して、力を取り出して、使えるように加工して、力に方向性を持たせて、これを暴走しないように常にコントロールして使う。こんなの、まともな頭じゃやり切れるわけないわ。これを全部肩代わりしてくれるのが魔法の詠唱なのよ」

「なるほどー」

「こいつなるほどしか言わないな」

あっ、イチイバが俺の本質を見抜き始めている。

だが、色々なことがよく分かったぞ。

つまり、俺は色々と変なのだ。だが、一種の天才的なものであることは確か、と。

気分が良くなった俺は、次なる魔導書を見せてくれるように、ゼロイドにせがむことにした。

そこへ、扉をノックする者がいる。

ああ、誰なのかは分かる。

あの苛立たしげに、今にも扉を打ち破りそうなノックはだな。

「レヴィア様が痺れを切らしたか……。ウェスカー。君はよく、あのじゃじゃ馬……おっと失礼。気性の激しい女豪傑……じゃない、姫騎士と一緒で無事でいられたね」

「まあ、なんか気が合うんですよ」

さて、扉が壊されないうちに、出ていかねばならないようだ。

その前に、魔導書を一冊くらい借りられないかな。

ウェスカー、魔法合戦に誘われる

「戻ってきましたよ姫様」

「ああ、待ちかねた。待ちかねたぞ」

扉の外で、レヴィア姫が腕組みしながら待ち構えていた。そうして胸の前で腕をぐっと組んでいると、ただでさえドレスで強調された胸がさらに寄せて上げられて、とんでもないボリュームになるので大変男心に悪い。

俺は借りた魔導書を、ごく自然な動作で股間の前に持っていった。

これで魔導書に隠され、俺の興奮状態は分かるまい。

「ああっ!?　中級魔導書になんてことを!?」

後ろからニルイダの悲鳴めいた声が聞こえるが、聞こえないぞ。あーあーキコエナーイ。

だが、よりによって姫様の視線は俺の股間……を隠す魔導書に注がれているではないか。

「ほう、中級魔導書を借りたのか。私は才能がなくてな。生命魔法しか使うことができなかった。

いくら特級魔導書の魔法を使えるようになったからとはいえ、マナを操れねば魔法の使い手としては三流だ。そなたには期待しているぞウェスカー。何せ、私の理解者はそなた一人なのだ……！」

「うむ、なんか期待されてるようなので任せてください」

俺はサムズアップしながら、彼女に微笑んで見せた。

レヴィア姫も、王女らしからぬ雄々しいサムズアップで応じてくる。

この人は絶対に生まれる性別を間違ったな。

「殿下、どうなされたのですか、急に」

研究室の中にいるゼロイドは、ちょっと不満げな顔をしている。

俺に色々な魔法を使わせて、子供みたいにキャッキャと喜んでいたところを中断されたのが気に入らないのだろう。

「ああ、父上がお呼びなのだ。ようやく、ウェスカーを私が見出した強力な魔法使いだと認める気になったらしい。説得の甲斐があった」

どういう説得をしたのかとても気になる。

果たして、俺が姫君に連れられて王族の居間みたいなところに戻ってくると、国王がぐったりとしていた。

隣にいる王妃もぐったりとしている。

レヴィア姫の不倶戴天《ふぐたいてん》の兄たるガーヴィン殿下も、心なしかげんなりしている。

そして、さっきまではなかったオブジェがあちこちに追加されていた。

彫像や調度品の数が減っていて、それらをちょうど拳で砕いたような破片とか、大理石の像の腹辺りに拳大の穴が空いていたりするものとか。

他には、護衛の兵士っぽいのが兜を砕かれて倒れており、それが仲間の兵士に引きずられていくところだった。

「さあ父上！　ウェスカーの魔法をご覧ください」

得意げにレヴィアは言った。

王様、くたびれた顔で頷く。もう喋りさえしない。

レヴィア姫が城を追い出された理由がとってもよく分かったぞ。

だが、俺としてはこの王女様は好きなタイプの人間なので、彼女の意図を汲むことにする。

「じゃあ、やります。ええと、王様、そこのティーカップ持ってください」

「うむ、これか？」

もう、みんな部屋の後片付けをしたり、レヴィアがまた暴れださないかピリピリしたりしているので、俺がへたくそな敬語を使っても気にする余裕がないようだ。

「行きますよ。その中のお茶が温かくなるんで。エナジー・ウォーム」

俺の指先が紫色に輝き、すぐに薄いピンク色の光に変わった。

なんだかもこもこした輝きが、俺の指先から放たれる。

それは、のんびりと空間を飛んでいき、ティーカップにぶつかると消えた。

「あっ!!　冷めた茶がぬるくなった!!」

王様が驚く。

多分、室温くらいだったお茶が人肌くらいの温度になったのである。

これを見て、いつの間にか後ろに付いていてきていたゼロイド師が飛び上がって喜んだ。

「ウオーッ！　エナジーボルトを基準として、その威力だけをそぎ落として保温《ウォーム》の魔法を乗せるとは!!　なんという繊細なコントロール！　そして独創的な複合魔法！　これを詠唱なしで行うとは……!!」

「凄いのですか」

あまりにゼロイドが興奮しているので、俺は尋ねてみた。

するとゼロイドが激しく何度も頷く。

「分かる者には分かる。凄いのだ!!　繊細なコントロールができるということは、魔法合戦においても大きな意味合いを持つ！　これは、大会を目の前にしてとんでもない男がやって来たぞ……！」

「魔法合戦？」

「おお、それがあったな！」

王様が立ち上がった。

彼は生気のある顔つきになると、

「魔法合戦とは、各国間で行われる、魔導師たちの競技大会だ。三年に一度行われてな。宮廷魔導師やその弟子のみならず、該当する国家に認定された魔導師なら誰でも参加できる。様々な競技を通じ、各国の魔導師が腕を競い合う、国威発揚の場でもあり、国民たちにとっては大きな娯楽でもあるのだ」

国王はそこまで言うと、俺を見て訝《いぶか》しげな顔をした。

「そなた、キーン村の地主の子なのだろう？　一つの村の顔役の一族ならば、普通見たことがあるのではないか？」

「存在すら知りませんでしたわ」

そうか、ごくたまに、父と兄がめかしこんで王都に出かけていったりしていたのは、これだったのか。

王都にやって来て初めて知る事実というやつだな。

そんなわけで、国王とゼロイドは、俺を即座にユーティリット王国の魔導師として認可を出し、魔法合戦に参加させようという話題で盛り上がり始めた。

ちなみに、魔導師登録はコネがあれば、口頭で一発で登録。

コネがない場合、他の魔導師の下で修行という名の小間使いをやり、その魔導師から推薦状を受けて初めて登録できる。その魔導師を紹介してもらうには、国のお役人にコネがあるか、しかるべき紹介料を払う必要があるとか。

「姫様、貧乏だと魔導師になれないんですかね」

「うむ。この国は平和の名の下に腐りきっているからな。有り体に言えばなれない」

レヴィアが断言してくれた。

ひどい話である。

とにかく、魔法合戦は国の面子《メンツ》も関わるイベントということで、何やら実力未知数、凄い伸び代がありそうな俺は王様と宮廷魔導師という最高のコネで、即座に登録ということになったようだった。

当然、レヴィアは面白い顔をしない。

「父上！　ゼロイド師！　そのような悠長なことをしている場合ではありません!!　魔王が！　魔王が出るのですよ！」

「レヴィア。その魔王とやらと戦うには、力のある魔導師がいた方がよかろう？　魔法合戦は、各国の魔導師が腕を競い合い、磨き合う場。まさに、優れた魔導師を排出するに最適ではないか」

「金とコネの力で魔導師になった者どもが、魔法という名のお遊戯をする場で何が磨かれるというのかっ!!」

「うわあ、レヴィアやめろー！」

ガーヴィン王子が真っ青になって叫ぶ。

妹姫がまた怒り心頭になって暴れだしたのだ。

「くっ、こうなれば！　出会え！」

ガーヴィンが手を叩くと、天井が開いて黒装束の連中がレヴィアの周囲に降り立つ。

そして、筒のようなものを口にくわえて、ふっとひと吹き。

「ぬうっ、兄上配下の諜報部隊か!!　卑怯な……！」

レヴィアは火でも吹きそうな声で呟きながら、頽れた。

全身に小さい羽がついいた、尖ったものが刺さっている。

「吹き矢かあ」

「殿下、既にレヴィア殿下は吹き矢の痺れ毒への耐性を獲得されており、我らの総力を使ってもそろそろ止められなくなってきております……！」

諜報部隊とか言われた黒装束のリーダー格が、悲しそうな顔をしてガーヴィンに告げた。

ガーヴィンも沈痛な表情で頷き、

「陛下、今やこのじゃじゃ馬を制していられるのは、私が見るところこのどこの馬の骨とも知れぬ魔導師のみ。とりあえず、二人を同じ部屋に放り込んでは……」

「ガーヴィン！　レヴィアは一応嫁入り前の娘だぞ!?　年頃の男と一緒で間違いがあれば……いや、大義名分ができるな。そうしよう」

「おめでたいことだわ」

王族が何か相談している。

まあ、レヴィア姫はこの性格だと、嫁入りとか難しそうだよなあ。

俺はうんうん頷く。

ついでに、近場のテーブルに菓子類が盛られていたので、ガッと鷲掴みにして食べる。

魔法を使うとお腹が減るのだ。

焼き菓子美味しい。

「では魔導師ウェスカーよ。そなたに命を与える」

「ふぉい？」

俺は口元をビスケットの粉だらけにして間抜けな声を出した。

あまりに無礼だったので、戻ってきた護衛の兵士たちが一瞬びっくりした顔で俺を見て、慌てて止めに来た。

「ま、まあよい！　そなたを、レヴィアの側仕《そば》えに任命する！　頼むぞ……！　そなたの手腕に余の安全が掛かっておるのだ……！」

あっという間に、二つの役職、魔導師と姫様の側仕えを得てしまった俺なのだった。

これは出世なのだろうか……？

脱走の王女と隣国のいやみな魔導師

「よし、ウェスカー、降りてこい！　安全は確認した」

「へい」

真夜中の王城。

カーテンを破いて作った即席の縄梯子で、王女は城の中庭へ下り立ったようだ。

レヴィア姫自ら率先して下りていき、危険かどうかを調べに行くというのは、まあ凄いものだなあと思うわけだ。

あの人、自分の立場を分かってないいんじゃないだろうか。

俺はホイホイと縄梯子を下りる。

こういうものを伝って上り下りするのは慣れているのだ。

いたずらする時は必須のアイテムだからな。

「よーし、では、見回りの兵士に見つからないように脱走するぞ。魔法合戦などという馬鹿な遊びに付き合っている余裕などない。我々を魔王が待っているのだ」

「なるほど。で、姫様、その魔王っていうのはどこで知ったんですか」

俺たちは今まさに、城を脱走するところである。

レヴィアが部屋に戻ってからも落ち着かず、真夜中に向かいにある俺の部屋の扉をぶち破って、

「こんなところにいつまでもいられるか！　私は脱走するぞ！　さあ共に行こうウェスカー！」とか言われたので、俺はそれも面白い気がしてついていくことにしたのだ。

だって、先が予測できない状況の方が面白いではないか。

そして、中庭で身を隠しながら、なんとなく王女に話を振ったわけだ。

「ああ。私のお祖母さまは生まれながらの魔法使いでな。夢に見ることで、未来に起こることを知ることができた。お祖母さまが亡くなる前、世界に暗雲が迫っている、戦いに備えよと言い残されたのだ。私はそれを信じて、鍛え続けてきた。これこそ、私が受けた啓示だと信じてな」

「なるほど、正しい」

俺は納得した。

実際に骸骨戦士なんてものが現れたわけだし、レヴィアの判断は正しいのである。

だが、平和であることが当然になってしまったこの世界では、レヴィアはおかしいのである。

ままなりませんなあ。

まあ、このままならなさは俺の人生もそうだったので、ここは似た者同士助け合おうではないか。

俺は中庭に生《な》っている、ピンク色の果実をもぐと、むしゃむしゃ食べながら彼女と共に歩んだ。

「あ、守衛だ」

「ウェスカー、奴の気をそらすのだ」

「よし、エナジー・クール」

俺の指先から、青い光が飛んでいった。

それが守衛の男の背筋に入り込んだ。

「ヒャアー!?」

守衛が飛び上がった。

こちらを注意するどころではない。

そこにレヴィアが駆け寄り、

「むんっ」

守衛の前から組み付き、前方頭部固め《フロントヘッドロック》を掛けた。

ものの一呼吸半ほどで、守衛が泡を吹きながら白目を剝く。

「よし」

「なんてマッシヴな絞め落としをする人なんだ」

俺は感心しながら、守衛を繁みの中に転がした。

中庭からは、まっすぐに正門へ続いている。

ちょうど、王城はリングのような形をしており、真ん中に中庭、そこから正門へと続く道は、アーチ状になった城の下をくぐる形になる。

無論、夜だから木でできた正門は閉じている。

これをレヴィアは、

「まさか正門が閉まっているとは……」

「普通は閉まってるだろうなあ」

「ウェスカー、なんとかできないのか？　中級魔導書を借りて読んでいたのだろう」

「やってみますか」

俺は中級魔導書を取り出した。

中級とはいっても、取扱いに注意が必要な魔法が主である。目が覚めるような強力な攻撃の魔法などは載っていない。

例えばこれ、着火《ティンダー》。

「いかん、それでは城が燃えてしまう」

次にこれ、水作成《クリエイトウォーター》。

「今の状況に似つかわしくはないな……。土属性で金属の破城槌《はじょうつい》を作るとか、そういう魔法はないのか？」

「ありませんな。ただ、俺なりのやり方でよければこのように。ワイド・エナジー・ティンダー」

俺の指先が紫に光り、次いで赤く輝いた。

広げた十指全てから、赤い光が打ち出され、閉ざされた門に食い込んだ。

その部分が、指先くらいの大きさでぶすぶすと焦げ始める。

すぐには燃えないようだ。

これを何度か繰り返す。

ちょうど、俺たちが通り抜けられる程度の大きさの焦げた跡が生まれた。

「結構深くまでティンダーをぶち込んだので、ここを姫様のパワーで押してみてくださいよ」

「む？　ティンダーを使ったのに燃えていないのか？」

「半分エナジーボルトですからねえ。燃える方向を内側に向けて、扉の外側に触れてるのはエナジーボルトですわ」

「分からん説明をする男だ。どれ」

レヴィアがぐっと力を込めて焦げの中央を押すと、周囲の焦げた部分がメリメリと音を立てた。

脆く炭化してしまっており、そこがレヴィアのパワーに耐え切れずにずぼっと抜けた。

「おお……!!　なんだか分からないが凄いな……！」

「中級も工夫すれば使い物になるみたいですなあ」

俺はレヴィアに続いて外に出た。

普通に城の外である。

城下町が一望できた。

「昔は掘もあり、扉も半分は鉄で、扉を倒さねば橋にならぬ難攻不落の形だったのだ。だが、平和になったためにそれでは出入りも面倒だし、手入れも面倒だということで、堀は埋め、扉は薄い木の扉になったのだ」

「平和ボケここに極まれりですな。で、姫様、ちょっと腹ごしらえしていきましょうよ。具体的にはそこの酒場で一杯」

「いいな。むしゃくしゃしていたところだ。ここは強い酒でも飲んですっきりしたい」

俺たち二人は連れ立って、脱走したその脚で酒場に行った。

すると、ちょうど酒場に入ろうとした何人かの連中と行き合った。

「おや！　そこの女性は、レヴィア殿下ではございませんか!?」

そいつは、薄い茶色の髪をした、優男ふうの貴族だった。

どうやら俺たちが入ろうとしていたのは、貴族御用達のお高い酒場だったらしい。

貴族は後ろに何人ものお付きを従えている。

そいつの首には、青い石で作られた鷹のペンダントが掛けられていた。

「誰です？」

「誰だったかな」

宮廷に興味がないレヴィア殿下、この貴族のことを覚えていない。

貴族はそれを聞いて、むっとしたようだ。

「私ですよ。先日の舞踏会では共にダンスをした仲ではありませんか。マクベロン王国が家臣、カモネギー伯爵家の嫡男であるこの私、貴族にして魔導師、踊り慣れぬ貴女をリードして、それはまあ、何度か足は踏まれましたが、共に会場の耳目を集め、四王国次期ベストカップルとして認められるにいたったナーバンですよ」

「そうか」

レヴィアはパッとしない表情をしている。これ、絶対思い出してない顔だ。

だが、ナーバンと名乗った優男の後ろには、何やら家臣や女衆がいて、「ナーバン様素敵！」「カモネギー伯爵家ばんざい！」などとはやし立てる。

「次なる魔法合戦が間近に迫る中、マクベロンの一級魔導師たる私は当然ながら国の期待を一身に背負い、こうして視察にやって来ているのです！　その旅の途中、貴女と出会えるとはまさにこれは運命だと思いませんか、レヴィア殿下！」

「……そ、そういうものなのか？」

あっ、レヴィアが長広舌を振るうナーバンに丸め込まれつつある。

俺は国王直々に任命された、レヴィア姫専門サポーターとして、ここは助け船を出すことにする。

「そういうものじゃないですな」

「そ、そうか、そういうものじゃないのか」

レヴィアがあからさまにホッとした顔をする。

「何を言う！　……ええと、お前は何だ？　さっきまで視界にも入っていなかったのだが、殿下の召使か何かか？」

「俺はウェスカー。レヴィア姫様の担当だ」

「担当……？」

　ナーバンがよく分からない顔をした。

　あれは俺が言ったことがよく分かっていない顔だ。俺も実は自分の立場がよく分かっていない。

「訳の分からないことを言う男だ。これだから下々の人間は……。良い、お前は下がっておれ。私が殿下とこれからの話をするのだからな」

「なるほど。ではレヴィア姫としっぽり過ごすためには、この俺を倒さねばならんということだな。幸い、俺もさっき魔導師になったところだ。さあ来い」

「………………」

　俺はレヴィアとナーバンの間に立ちふさがり、視線の邪魔になるように手をわさわさと動かした。

　ナーバンの小鼻に青筋が立ち、ひくひくする。怒ってる怒ってる。

「ほう、そなた、わざと挑発するか」

「いやがらせが趣味でしてな」

「お、お、おのれ下郎があああ⁉　それも、貴様のような印象に残らない男が魔導師だと⁉　一体、どういう伝を使った⁉　実力ではあるまい！」

「実質私が推薦したようなものだな」

ナーバンの激昂に、レヴィアが冷静に返したので、優男は怒りのぶつけどころを失ったようだ。

彼の後ろにいるお付きたちが、ハラハラしながら状況を見守っている。

奴らの目の前である以上、ナーバンもすごすごとは引き下がれんだろう。

それに、奴は俺を舐めている。

何故、実力も知らん相手を舐められるのか。

もしや能力とかを見ることができる魔法を使えるのか。

「ええい、下郎、私の怒りを買ったことを冥府の底で後悔せよ！　**我は命ず！　いでよ炎の精！　来たりて炎の矢となり、七度、我が敵を穿て！　炎の矢《フレイムアロー》!!**」

奴は手を翳《かざ》すなり、詠唱を開始した。

手のひらが赤く輝き、そこにどこからか炎が集まってくる。

集まった炎は、手のひらから離れた空間に、七本の矢を形作る。

「やった！　ナーバン様の炎の矢！」

「炎の矢を一度に七本も作るなんて！　ナーバン様の魔力でなければできないわ！」

ナーバンの取り巻きたちがそんなことを言っている。

なるほど、これは難しい魔法なのだな。だが、ようやくおとぎ話に出てくる魔法らしい魔法に出合えたじゃないか。

「よし、迎撃エナジーボルトだ！」

俺は指先から、紫色の魔法を放って炎の矢を迎撃する。

相手の数が七本なのだから、こっちも七発くらいがちょうどいいだろう。ということで、同数を撃ち出して相殺することにした。

赤い炎と、紫の輝きがぶつかり合う。

すると、一瞬絡まり合ったあと、二色の火花を散らしながら消滅していった。

おお、これは何か綺麗だな。

それに、なんで絡まり合ったんだろう。

しかし、しまったな。迎撃することに夢中で、炎の矢の構造をよく見ていなかった。

もう一回使ってくれないだろうか。

俺がそう思っていると、ナーバンが笑いだした。

「エナジーボルトを同時に放つだと!?　貴様、生命魔法のエキスパートというやつか！　面白い！お前をそれなりの実力者と認め、俺は全力で叩き潰すことにしよう!!　**我は命ず……!!**」

再びナーバンが詠唱を始める。

彼の周囲に生まれるのは、またまた七本の炎の矢。

全力とか言ってるが、もしかしてさっきのが全力だったんじゃないだろうか。

俺も迎撃のエナジーボルトを放とうとして、ふと思いとどまった。

まずは、あちらの魔法に集中しようではないか。

そうやって意識を研ぎ澄ませると、見えてくるものがある。

そこで俺は気付く。

炎が生まれる段階で、俺は目の前の空間に火属性の魔力を感じた。

次に、炎の矢が生まれ、俺に向けて動き出すのだが、この段階で風属性の魔力を感じる。

詠唱によって、火と風の魔力を複合してコントロールしているのだ。

これは面白い。

だが、放っておいたら炎の矢が攻撃してくるな。

「むーんっ、飛ばないエナジーボルト!!」

俺は両手に紫の光を作り出した。

これでもって、

「せいっ！　そいっ！　はっ！」

飛んでくる炎の矢をはたき落とす。

「な、なにいっ!?　き、貴様、今何を身に纏った!?　それはエナジーボルトではないのか!?　知らん、知らんぞ!?　そんな妙な形で発現するエナジーボルトなど私は知らん!!」

そして最後の炎の矢をギリギリまで引きつけながら、構造を調べる。

風を纏って飛ぶ、炎の矢。

性質上、こいつは遠くまで飛ぶと、纏った風で消えてしまう。射程は短い。

炎だけで、火勢を緩めずに飛ばせれば強くなるんじゃないか。

そう思いながら、ギリギリのところで目からエナジーボルトを出して撃ち落とした。

「目から魔法を撃ったッ!?　き、き、貴様本当に人間か!?」

「うむ、魔導師だ。しかし今の魔法確かに凄いが、炎を炎のまま飛ばすのはこう、なんかなあ。当たってもパンチが弱いんじゃないか？　その辺どう思う？」

「くっ！　また訳の分からんことを言いおって！　相手にしていられん！　私は宿に戻るぞ!!　レヴィア殿下、次こそ必ず、あなたの心を射止めますからね!!」

ナーバンは捨て台詞を吐くと、去っていってしまった。

「ほう、私の心臓を炎の矢で射抜くか。その宣戦布告は確かに受け取った。奴の魔法程度を弾けぬようでは、魔王には通じぬからな」

うん、こっちの姫様は姫様で、全く明後日の方向に捉えているな。

そんな風なやり取りをしていたら、城の兵士たちがわんさかと俺たちを追って現れて、獣用の投網を大量に放った。近頃、危険な野生の動物は少ないが、それでも狼の類は出る。そういった猛獣は、普段は弓などで射殺してしまうのだが、飼ってみたいという好事家もたまにいる。猛獣を生け捕りにする必要がある、そんな時、この投網は使われるのである。

「うぬ、おのれーっ！　離せ！　離せーっ!!　私は外に行くのだーっ!!　ええい、このようなことなら、腹ごしらえなどと悠長なことを言っているのではなかった!!」

レヴィアは咆哮を上げながらじたばたともがく。

実際、投網の幾つかは素手で引きちぎられている。

なるほど、幾重もの網が必要なわけだ。

結局、姫騎士は必死の抵抗も虚しく捕らわれ、王城へ戻されることとなってしまったのである。

合戦に備えるのだ

「なんということだ!!　父上も兄上も、魔王の脅威を分かっていないからこのようなことをするのだ!!」

　ぷんすか怒っているレヴィア姫は、今は檻の中だ。

　いや、正確には王城の見張り塔を改造した特別室である。

　しばらくこの特別室にいてもらうことで、王女が頭を冷やすのを待つ方向らしい。

　昨日のレヴィアは、痺れ毒付き吹き矢で集中攻撃されたり、獣用の投網で集中攻撃されたり、一国の王女の扱いとしてはどうだろうか。

　まあ、それだけ活発な人なのだろう。

「ふむふむ、分かるような気がします。で、姫様は何やってんですか」

「見て分からないか？　体が鈍らないように運動しているのだ」

　俺の目の前では、活動的なシャツにパンツルックの姫様が、天井の一部を破壊して、そこにぶら下がりながら懸垂めいたことをしている。

檻……じゃなくて特別室の中には、石造りの天井を破壊できる器具はないから、あれは多分素手で壊したんだろう。

弱体化の魔法が使えるとはいえ、一国の姫にしておくのは惜しいくらいの戦闘力だ。

そういえばこの人、押されてたとはいえ、鮮烈のシュテルンと一騎打ちしてたんだよな。

「私が脱出するまではしばしかかる。そなたはこの間に、様々な魔法を学び、覚えるといい。魔王との戦は近いぞ！」

「なるほど」

確かに、時間を有効に使うのは大事である。

俺はレヴィアの物言いに納得し、自分のスキルアップに努めることにした。

まずは、ゼロイド師の研究室である。

「中級魔導書をマスターしたので返しに来た」

「な、なにっ!?　昨日初めて初級魔導書を読んだ男が、昨日の今日で中級魔導書を読破したのかっ!?」

もくもくと湧きあがる煙の中にいたゼロイドは、煙が晴れるんじゃないかというくらいの大声を上げて驚いた。

「馬鹿な……！　俺は信じないぞ。見せてみろウェスカー！」

兄弟子気取りのイチイバが、俺に発破をかけてくる。

何を見せればいいかは分からんが、まあ適当なのを見せておけばいいだろう。

「よし、エナジー・ウォーター」

俺は魔法の名を唱えた。

すると、俺の指先から紫の光が発生し、のんびりと進んでいく。

光は、じーっとそれを見ているニルイダの近くまでやって来ると、テーブルの上に置かれていたマグカップ目掛けて、先端からピューッと水を吹いた。

「な、ななな!?」

イチイバが驚愕してひっくり返った。

ニルイダは目をぱちぱちさせて、何も言えない様子。

ゼロイドは文字通り飛び上がって喜んだ。

「す、凄いぞ!!　魔法の中身そのものは非常にちゃちいが、やっていることが何をどうやってそうなっているのか、全く分からない！　まさか、生命魔法と元素魔法を組み合わせて使うとは!?　共に、オドとマナ、発する場が全く違う魔力を用いているのに！　今、ごく当たり前のような顔をして、エナジーボルトが水作成《クリエイトウォーター》に変わった!!」

「うむ。エナジーボルトでクリエイトウォーターを包んだのです。すると、エナジーボルトが届いた先で水をピューッと出してくれる。だが俺にもこの魔法の使い方は見当もつかん」

とりあえず、手持ちの魔法と覚えたての魔法を組み合わせたのだが、やっぱり何をすべきか考えないとダメだな。

あっ、今思いついたのだが、この魔法を使えば、自室のベッドでゴロゴロしながら、庭の花に水をやれるな。あとは、使い方によって色々応用できるかもしれない。

俺は、ゼロイドから羊皮紙をもらってメモしておいた。

「他にはだな、こうやって、エナジーボルトとティンダーを組み合わせて、任意の方向だけを焦がして炭化させるとか」

「おおーっ！」

「硬い土《ハードソイル》の魔法とそよ風《ブリーズウインド》の魔法を組み合わせて、このように目に入ると痛い厄介な土ぼこりを起こすとか」

「いやがらせにしか使えなそうだな、それは。元素魔法同士の組み合わせは、他の魔導師もやっているかもしれないな。だが、昨日魔導書を読み始めた人間が、これを考え付くことが素晴らしい。私は優秀な弟子を得たようだ」

あれっ。

いつの間に弟子になったんだろう……。

イチイバは、何やら対抗意識を燃やして俺を鋭い目つきで見ている。

ニルイダは俺のやったことに興味津々のようだ。

俺は自分に好意的な女の子にはとても甘いので、あとで組み合わせのコツを教えてあげるとしよう。こう、ワーッと湧いてくる魔力をグーッと固めて、そこに水属性の魔力をいい感じで包み込むのだ。きっと分かってくれるだろう。

　おっと、ここに来た一番の理由を忘れるところだった。

「ところでゼロイド師、質問があるんですが」

「おや、何かねウェスカー君。私は向上心のある弟子は大好きだぞ」

「はあ。昨日、マクベロン王国のナーバンという魔導師とちょっと小競り合いをしたんですが」

「ほう、マクベロンのナー……バン……!?　隣国の次期宮廷魔導師候補の呼び声も高い、若き天才魔導師ではないか！　元は、レヴィア殿下の許婚《いいなずけ》だったのだが、こう、殿下があまりにも元気すぎるのと、彼女の武勇の噂を聞いたカモネギー伯爵家が、丁重にお断りをしてきてだな……。しかし、殿下は見た目だけであれば絶世の美女。ナーバン殿はまだ、殿下に懸想してらっしゃるという話だったが」

「なるほど」

　この人は何でも知ってるなあ。

　しかし、俺としてはレヴィアは普通に気の合ういい奴なんだが、俺とみんなで彼女に対する評価が何故か物凄く違う。

　おっと、質問、質問。

「ええと、そこでナーバンが、炎の矢《フレイムアロー》という魔法を使ってきたんですが、あれは風属性と火属性の複合魔法じゃないですか。確かに風向きを操作して、炎の矢を好きな方向に飛ばせるけど、風が強いから火勢が弱くなるでしょ。それに火自体には実体がないから、火傷《やけど》はさせられるけどイマイチ、決め手にはなりづらいかなあと思って」

「ほう。炎の矢は、上級元素魔法、〝火の書〟に出てくる基本的な戦闘用魔法だ。通常は三本から四本の炎の矢を出現させて扱うが、手練《てだ》れの魔導師ならば、これを五本から六本使うことができる。七本まで出せる者は、まあその分野の天才と言っていいな。だが、確かにウェスカー君が見出した魔法の欠点は昔から言われていることではある。だがなあ」

ゼロイド師が困った顔をした。

彼の言葉の続きを、ニルイダが話し出した。

「今は平和な時代でしょう？　効果が高い戦闘用の魔法よりも、炎の矢のような操作しやすく、魔法合戦で見栄えがする魔法の方が重宝されるのよ。その、殿下には内緒にして欲しいんだけれど、生命魔法の自己強化のエキスパートっていう、質実剛健の権化みたいなスタイルは、時代遅れだと思うのよね……」

魔法にも流行があるのか。

しかし、俺が感じた疑問に関しては、この場にいる魔導師たちの見解は問題なしということなんだな。

今の時代の魔法は、戦闘能力を求めていないのだ。

レヴィア姫は謙遜してたが、あの人が得意なジャンルの魔法が評価されないだけで、実はあの人はとても優秀な生命魔法の使い手っぽいな。

だが、時代が変わらないとレヴィアにはスポットが当たらないわけだ。

「では俺も派手な魔法を研究するので、上級魔法の魔導書を貸して」

「ウェスカー！　上級からは、師匠の許しが必要になるんだぞ！　弟子として一番下っ端のお前が易々と借りられるものでは……」

「いや、私は構わんよ。だが、上級からは、生命魔法も強化と弱体、回復の三分野、元素魔法に至っては、地水火風、光の五分野、そのうち地水火風は上中下巻になる。どれかに絞らないと厳しいぞ。ちなみに、君が得意とするエナジーボルトは、生命魔法の特級に当たる。行使そのものは容易いが、攻撃性を持つということで、特級に分類されているのだ。魔導師は時折、一つの魔法に特化した才能が生まれる。ウェスカーは生命魔法の特級、攻撃分野に特化しているのかもしれんな」

ゼロイド師の説明の後ろで、イチイバがギギギギ、と歯軋りしている。

なんで対抗心を燃やすのであろうか。

俺は俺、彼は彼である。

俺は魔導書のチョイスをちょっと考え込んだ後、

「じゃあ、火属性と土属性で。ちょっと思いついたことがあるんで」

合計六冊の本を借りることにした。

部屋で読むのもいいが、試すことができない。

「あと、魔法を試せるところないですか？」

「それならば、兵舎の修練所を使うといいだろう。兵士長に掛け合って、空いた時間を教えてもらいたまえ」

「ほーい」

かくして、俺は魔法合戦のその日まで、魔導書を読んでは試し、新しい魔法の組み合わせを探し、そしてたまにレヴィア姫と特別室前でだべったりしながら過ごすことにしたのである。

閑話　一方、魔王軍は

IKINARI DAI-MADOU

その頃の鮮烈のシュテルン

オエスツー王国は、近く行われる魔法合戦のために、魔導師たちの強化合宿を行っていた。

一時的に王国から全ての魔術師がいなくなるが、百年以上に渡って国家同士の戦闘はおろか、大規模な盗賊の発生すらない。

平和というぬるま湯に浸りきったオエスツー王国は、例年のごとく、国力の多くを魔法合戦に費やし、国防を軽んじる態勢でいた。

「入国フリーとは……。国王陛下は随分と剛毅《ごうき》な方でおられますな」

その日、入国した男は、遠く離れた山向こうの国から来たという旅人だった。

近隣には、マクベロン王国、ウィドン王国、そしてユーティリット王国の三国が存在しており、ここ数百年の歴史の中に、オエスツー王国を含めたこの四国以外の国は登場しない。

つまり、遠く離れた山向こうの国から来た旅人は、数百年ぶりというわけだった。

彼は風変わりな赤い鎧を着込み、腰に同じ色の長剣を下げていた。

赤い髑髏を象《かたど》った兜の下は、なかなかの美丈夫である。

後ろへ撫で付けた赤毛を長く伸ばし、鼻は高く、目つきは猛禽類のように鋭い。

身のこなしには、隙というものがなかった。

「いやいや。遥か遠き国からの旅、まことにご苦労じゃった！　オエスツー王国は平和な国じゃ。盗賊も出ることはなく、人々は麦や野菜を作り、羊を飼って暮らしておる。だが……平和なのも良し悪しでな。わしは刺激に餓えておるのじゃ。どうじゃ、旅の人。今日はわしらが知らぬ別の国の話でも、聞かせてはくれんか」

そこは、オエスツーの国王が開いた、国を挙げての宴《うたげ》の会場だった。

貴族たちや、国で有力な商人や名士、あるいは名だたる血筋の騎士たちが集う。

場の中央には、鎧を着込んだ男がいた。

彼の国では、鎧姿が正装なのだという。

誰もが、それは変わった国だと驚き、そして未知の世界のならわしに胸を躍らせた。

「さて、では何から話したものでしょうかな。私も過去に、この四王国を訪れたことがあるのです。最後は、ユーティリット王国に参りましたな。まさかまた、この土地に降り立つことができるとは思ってもおりませんでした」

「旅人さん、あんたはたった一人で、色々な国を巡っているのかい？」

「いや、私はかつて、部下を率いる身でした。ですが、ちょっとした失態を犯しましてね。部下に愛想を尽かされてしまい、その後、さる偉大なお方に拾っていただきました。今は、そのお方の命を受けての検分する旅路です」

「ほう、見聞を！」

旅人が話した言葉と、聴衆が受け取った言葉では同じような響きでも、意味が異なる。

だが、誰も気付かない。

「世界の外は、それはもう、凄まじいところです。天を衝くほど高い火山、山に住まう竜、こちらにあるリナック湖よりも遥かに広く、どこまで行っても対岸が見えぬ海という巨大なみずたまり……」

「おお……！」

「竜か！　おとぎ話の竜が、本当にいるのかね！」

「いやあ、興味深い！」

誰もが、旅人の話を楽しみながら、それを肴に酒を飲んだ。

「空を覆い尽くす、ユグドラシルという大木もございますな。ここには翼ある人々が住んでいました。彼らは頑固でしたが、我が主はそんな彼らをも従え、世に覇を唱えようとしております」

語りの方向が、少しずつおかしくなる。

だが、酒でほろ酔いになった人々は、誰も気付かない。

「なるほど、そいつは偉い王様なんだなあ」

「旅人よ、わしもそなたの主である王に会ってみたくはあるのう。どうじゃ、そなたの主もこの国

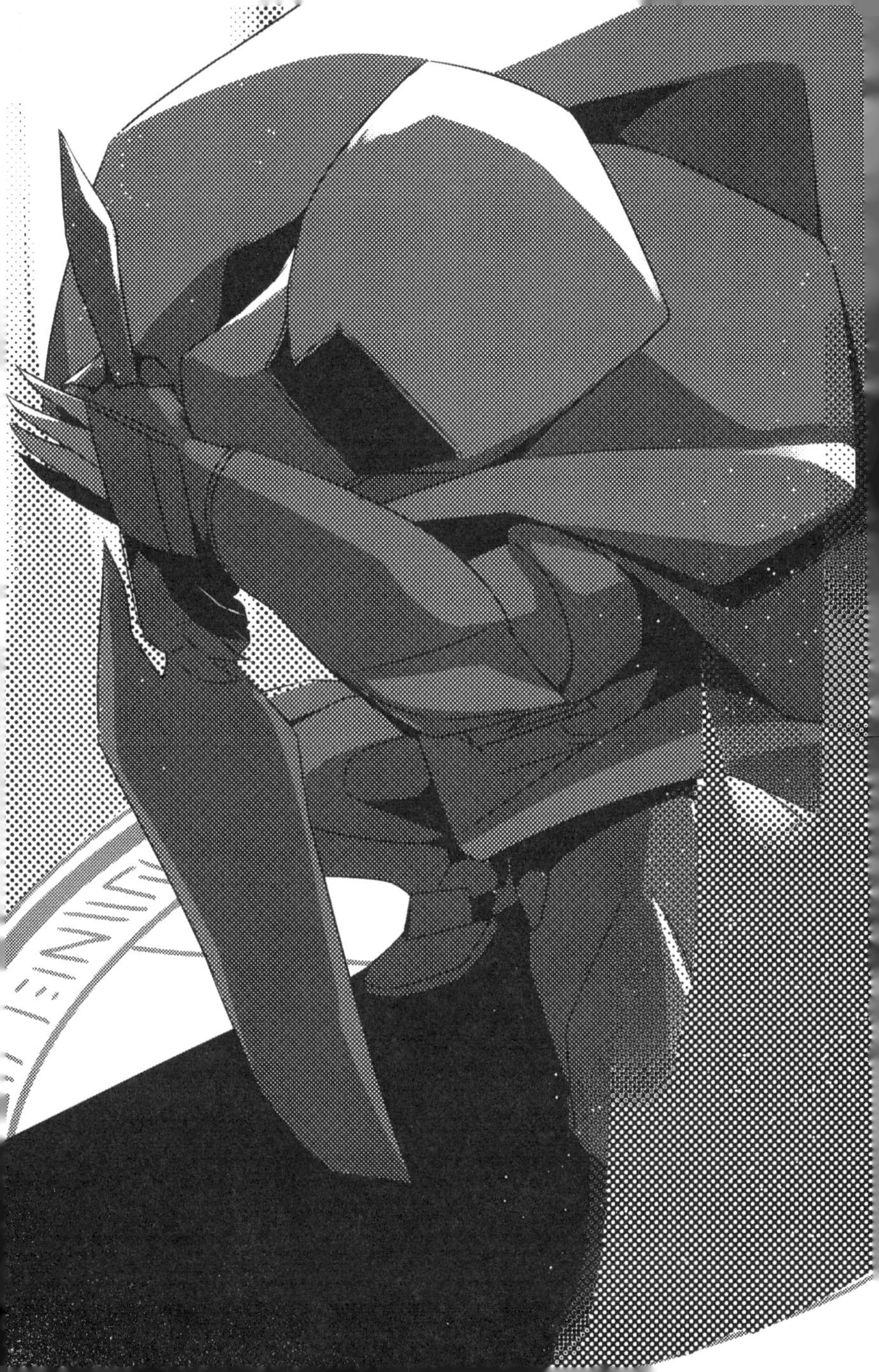

を訪れぬかね？　国を挙げて歓待しようではないか」

国王の言葉に、旅人は微笑を浮かべた。

「ありがたいお言葉です。ですが、お気遣いなく」

旅人は立ち上がる。

すると、いつの間にか、会場には奇妙な照明が生まれている。

旅人の頭上に、幾つもの鏡を組み合わせたような玉が浮かび、それが周囲の光を集めて、でためにに反射しているのだ。

立ち上がった旅人の影は、まるで幾つも幾つもあるように見えた。

「何故なら……、この国はすでに、我が主のものとなることが決まっているからだ。そして、私に与えられた役目こそが、この国を手に入れることだ」

旅人は、赤い剣を抜き放った。

それを、自らの影へと突き立てる。

「いでよ、我が軍団。今こそ、戦の始まりぞ」

鬨《とき》の声が響いた。

その場にいる誰もが、唖然として、周囲を見回す。

長く伸びた旅人の影は、幾重にも分かれて会場中に広がっている。

突然、その影が立ち上がった。

それらは、旅人によく似た姿をした、骸骨頭の甲冑である。

目の前に骸骨頭が現れた婦人が悲鳴を上げた。

彼女に向かって、骸骨頭の戦士が武器を抜き放つ。

血飛沫が上がった。

あちこちで、宴に参じた人々が骸骨の戦士と相対する。

たちまちのうちに、宴は惨劇へと変わった。

悲鳴と絶叫、血がしぶく。

「な、な、なにを!?」

国王は驚愕に目を見開いた。

立ち上がることはできない。腰が抜けてしまったのだ。

彼の前で、旅人は小脇に抱えていた髑髏の兜を装着した。

額に長い、一本の角がある。

「国王陛下。オエスツー王国、確かに頂戴しましたぞ」

髑髏の眼孔が、赤く輝く。

それは、つい先ほどまで歓談していた旅人とは、別人のようだった。

「お、お前は、お前は一体……!?」

「申し遅れた。我が名は〝鮮烈のシュテルン〟。魔王軍八魔将が一角。国王陛下、御首貰い受ける」

赤い剣が奔《はし》った。

かくして、オエスツー王国の支配者が入れ替わる。

一つの国家が魔の者の手に堕ちたのだ。

だが……この事態に気付いている者は、まだ誰もいない。

第三章　魔法合戦の開催と終了のお知らせ

IKINARI
DAI-
MADOU

魔法合戦初日のこと

上級魔導書を読み込んだ俺である。

上級からは文章表現が大変難しくなり、読んでいる内に何度も寝落ちした。

そのために、魔導書によだれの染みを作ってしまい、サラッと斜め読みした程度でよだれ染みを隠して返却したのである。

まあなんとかなるであろう。

「ほう、お前、その面構え。やる気だな」

いつもは先輩風を吹かせてくる、ゼロイドの弟子のイチイバだが、今日はすっかり戦友気取りである。

俺の胸を拳で小突いてきた。

「頼りにしてるぜ」

「私たち三人が、若手魔導師部門の選手になるわ。よろしくね」

ニルイダも俺に握手を求めてくる。

「その余裕の表情……。きっと、火と土の上級魔導書をマスターしたのね。恐ろしい人だわ」

おっ、なんだこいつら。

俺に無茶振りして、ろくに魔導書なんか読んでないという告白をさせないつもりだな。

そうやって逃げ場を塞いでいく手腕は大したものである。

まあ、彼らが期待する理由は分かる。

本日が、魔法合戦の本番だからだ。

既に、各国の選手が会場入りしているという。

それに、彼らはこの大会に合わせて、揃って魔導師へと昇格したのだ。張り切るなと言う方が難しかろう。

「よし、俺たちも会場に行こうぜ」

「ええ、腕が鳴るわ。師匠から受けた教えを、この合戦で存分に発揮しましょう！」

二人がやる気になっている後ろを、俺はのこのこと歩いていく。

この国に認定された魔導師となった俺は、この数日間で若干の給料を受け取っていた。

つまり、今俺には自由になる金がある。

俺はスッと道を外れると、近くにある露天で美味そうな匂いがする揚げ芋を購入した。

次に、会場近くで売られている棒飴を購入した。

次に、会場入り口で売られている鳥の串焼きを購入し……。

「おいっ!?　ウェスカーお前、なんで両手が塞がってるんだ!?　その山のような食い物はなんだっ!?」

「ちょうど使える金があってな」

全部使い切ったところである。

むしゃむしゃと食う。

合戦会場は、ユーティリット王国王都に作られた闘技場である。

一般客の入り口と、選手入り口が分かれている。

棒飴をガリガリかじりながら、一般客の入り口を観察した。

それなりに羽振りの良さそうな人々が入っていく、小さくて造りの良い入り口。

その辺を歩いている普通のおじさんおばさん、兄ちゃん姉ちゃんが入っていく、大きくて雑な造りの入り口。

観客席もきっと、別々の階層にあるのだろう。

格差社会である。

「おいウェスカー!　あまりアホ面をして貴賓入り口を凝視するな!　あそこには、将来俺たちのパトロンになってくれる貴族がいるかもしれないんだぞ!」

「なるほど。彼らは魔法合戦で、俺たちの腕を見て青田買いに来るわけだな?」

納得した。

俺は貴族たちに向けて、両手を開いて構えた。

「じゃあサービスだ。俺の実力を見てもらおう。ワイド・エナジー・ウォーター」

俺の十指から、紫の輝きが放たれる。

それは、ぐねぐねと蛇行しながら貴賓入り口を守る壁を乗り越え、あるいは隙間から入り込み、

「スプラッシュ！」

俺が合図を送ると同時に、弾けた。

つまり、中身に抱え込んだクリエイトウォーターをぶちまけたのである。

「ヒャア――――!?」

「み、水がああああ!?」

「なんじゃあこりゃああああ!!」

貴族たちの悲鳴が響き渡る。

頭から大量の水をかぶったり、背中から水を入れられたり、ズボンに水を突っ込まれたりした叫び声だ。

俺はもう爆笑した。

笑うしかないだろうこんなもん。

ぶっ倒れて痙攣するくらい笑っていたら、イチイバが真っ青になって、

「ななな、なぁにをしてるんだお前はああ!?」

「恵まれた立場の人にいやがらせをするのが俺の趣味でな」

彼の疑問には答えておいた。

たとえ魔導師になっても、俺の中の芯になる部分は曲げられんな。

「いいか!?　貴族は金やコネを持ってる！　それに、有力な町の商人とも繋がってるんだぞ！　敵に回したら王都では生きていけないんだ！　もっと立ち回り方を覚えろ！」

「俺はレヴィア姫様のお付きみたいなもんだからなあ。苦情は姫様にどうぞ」

そう言うと、イチイバは「えっ」という顔をして押し黙った。

金とコネは強いが、金もコネも戦闘力でねじ伏せられる者には弱いのである。

かくして、貴賓入り口の大混乱をよそに、入場する俺たちなのだった。

選手控室にやって来る。

各国ごとに部屋が決まっており、ちょうどマクベロン王国の一団もやって来たところだった。

見覚えのある顔がいる。

レヴィア姫に言い寄っていた魔導師、ナーバンだ。

「いたか、レヴィア殿下の金魚のふんめ……！　貴様のような目から魔法を放つ化け物には負けんぞ……!!」

「ナーバン様もウェスカーのあれを見たのね……」

ニルイダが気の毒そうな顔をした。

マクベロン王国側は、ナーバンを始めとして、みんな俺たちに対抗心を露わにしつつ接してくる。

だが、ユーティリット側は、揚げ芋を食べるのに忙しい俺と、あちらさんを気の毒そうに見つめるニルイダ。そして、まだ貴族たちからの報復を恐れて青い顔をしているイチイバ、ということで、マクベロン王国を気にしている余裕などない。

一方的な対峙が続き、そろそろマクベロン側がくたびれてきた頃合いである。

魔法合戦に参加する残り二国の一つ、オエスツー王国の選手団がやって来た。

全員、黒いローブにフードを深く被って、身の丈が俺よりも頭一つ分はでかい者もいる。

歩くたびに、ガッシャガッシャ音がする。

鎧を着ているのだろうか。

あまりに異様な雰囲気に、ナーバンも驚いたようだ。俺たちから、オエスツーの選手団へと視線が移る。

この隙に、俺はイチイバとニルイダと共に、控室へ入ることにした。

「オエスツー王国とやらは、でかくて鎧を着てないと魔導師になれない国なの？」

「いや、そんな話は聞いたことがないが」

ようやく落ち着いてきたらしいイチイバが、俺の質問を否定してくる。

「魔導書の魔法を、一つでも多く覚えるために心血を注いでいる私たち魔導師には、体を鍛える暇なんてないわ。あの大きい人たちは、もしかするとゴーレムかもしれないわね」

「なるほど、そういうのもいるのか」

ゴーレムとは、特級の土属性魔導書に記載されている、従者作成の魔法が生み出す怪物なのだという。

「あるいは、リビングアーマーとかな」

イチイバが語るリビングアーマーは、やはり特級の土属性魔導書にある、従者作成の魔法で生まれる金属の怪物。

どれも専門化した魔法なので、これらの使い手は、通常の魔法の習得に時間をかける余裕がなくなるのだとか。

「だとすると、今年の魔法合戦は荒れるぞ。従者作成《クリエイトサーヴァント》に特化した魔導師がいるってことだからな。俺たちも戦術を考えていかねばならないだろう」

「そうね。従者に対しては、水と風の魔法が通用しにくいし、火も決定的なダメージにならないから……」

二人が相談を始めてしまった。

俺は一人、ぼーっとしているわけである。

ふと、小さな窓があるのを見つけた。

これは会場の外側を向いているようで、覗くと、ちょうど王城が見えた。

ほう、あれに見えるは、レヴィア姫が監禁されている特別室だな。

心なしか……塔の先端が傾いて見える。

気のせいだろうか。

あれ？

ちょっとグラッとした。

特別室の中では、レヴィアは日々研鑽を積んでおり、見に行くたびに壁や天井や床が破壊されていたので、長くはないと思っていたのだ。

合戦している最終に、レヴィアも見物にやって来るかもしれないな。

それでは、俺もちょっと気合を入れて、我が姫様に良いところを見せてやろうではないか。

「ちょっと先に出てる」

二人にそれだけ告げて、のっそりと合戦用のグラウンドに出てきた。

各国の若手代表、中堅代表、師匠級代表が出てきている。

入り口付近にたむろしていたのは、ウィドン王国の連中であろう。

みんな、造りのいい服を着て、お洒落に決めている。

「おや、君はその身なりを見るに清掃員だね！　ちょうどよかった。ちょっとその辺りを清めておいて貰えるかな？　我々の服の裾が汚れるのでね！」

「待ってマーク。彼ったらユーティリット王国の魔導師の紋章をぶら下げているわ。どうやら今回の合戦に参加する選手みたい」

「ええっ、本当かいキャシー！　みすぼらしい格好をしているから、すっかり清掃に雇われた下層市民だと思っていたよ」

なんかマークとキャシーとかいう二人組が、ＨＡＨＡＨＡＨＡＨＡと笑う。

なるほど、ウィドン王国はこういうノリなのだな。

把握した。

俺はごく当たり前みたいな顔をしてウィドン王国の選手団の中に入っていくと、みんなが談笑しながら摘まんでいるお菓子を食べた。

情報収集である。

「えっ!?　ちょっと待って。君、当たり前みたいな顔して僕らの中に交じってきたけど!?」

マークがちょっとびっくりして後を追ってくる。

「ああ。このお菓子美味いねー。ユーティリットだと焼き菓子が多いけど、これは何か違うね。コツとかあるの？　ウィドン王国はさすがだねー」

「おっ、分かるかい!?　これはね、泡立てた卵の白身を使ってふんわり焼いた生地に、色をつけた砂糖液を塗って……」

得意げにお菓子の説明を始めた。

俺は、ウィドン王国側の給仕にお茶を要求しながら、ひとまずここに居座ることにしたのである。

早くも暗雲立ち込める

散々、ウィドン王国の陣営で飲み食いして、彼らの会話に耳を澄ませる。

どうやら、かの国は大変豊からしい。というのも、国内に通貨の元となる貴金属を発掘できる鉱山を抱えているからだとか。

この辺りに存在する四つの王国、ユーティリット、マクベロン、ウィドン、オエスツーは共通の貨幣を使っている。

銅貨と銅板と銀貨と銀板と金貨と大金貨である。

うちのキーン村なんかは田舎ゆえ、あまり金を使う機会がなかったが、王都に来るとよく目にするようになる。

銅貨は親指の爪くらいの大きさで、これ十枚で銅板一枚の価値。

銅板五枚で銀貨一枚の価値。銀貨十枚で銀板一枚の価値。

銀板五枚で金貨一枚の価値。金貨十枚で大金貨一枚の価値……らしい。

たまに相場が変化するとか。

俺はまだ、金貨と大金貨は見たことがないなあ。

それで、このウィドン国は豊かな国なので、じゃぶじゃぶ金を使って良い服を買い、各国から食べ物を取り寄せて贅沢の限りを尽くしている。

彼らに言わせると、ユーティリットなんかは質実剛健の野暮な国。

マクベロンは森が多く、それを使った木工で栄えているので、下等な職人の国。

オエスツーはリナック湖という大きな湖が国土の大半を覆う、漁業の国。

というわけで、他の三王国を見下しているようだ。

いやな奴っぽい国なのだが、割と彼らを褒めると、いい気になって優しくしてくれる。

富める者は貧しい者に施すんだそうだ。

「いやはや、今年こそ魔法合戦は、我らウィドン王国の優勝ですかな？」

「うむうむ。最新の魔導師の杖がありますからな。ですが、マクベロン王国も、木製の魔導師の杖を作って対抗してきたという噂ですぞ」

「なんと、木製とは貧乏臭い。やはり煌びやかな金銀で作った魔導師の杖こそが本物ですな」

魔導師の杖とな。

「かっこいい杖ですね。何かウィドン王国の技術の粋が込められている感じがして、尋常ではない猛烈なパワーを感じて実際凄そうです」

俺が言うと、師匠級らしき魔導師は髭をしごきながら笑った。

いきなり大魔導！

IKINARI DAI-MADOU

あけちともあき

ill・外道

初回版限定
封入
購入者特典

特別書き下ろし。

姫騎士と魔導師、酒盛りをする

※『いきなり大魔導！』をお読みになったあとにご覧ください。

EARTH STAR NOVEL

姫騎士と魔導師、酒盛りをする

夜になって城門をくぐれないというのは仕方が無いので、俺はレヴィア姫と酒盛りをすることにした。

レヴィアが門番を脅して手に入れた酒とつまみで、星空を肴にしながら騒ぐのだ。

俺が姫様に酌をすると、彼女は適当な容器に注いだ強い酒を、ぐっと呷った。

「あっ、姫様いけるクチですな！」

「ああ！　酔っぱらいはするがひたすら飲めるのが私の強みでな！　成人の日には騎士団長と飲み比べをして、見事に潰してやった！」

ぐっと腕まくりして力こぶを作ってみせる。

あっ、見事な力こぶ。

俺は彼女に絶対腕っ節で勝てない自信があるぞ。

そう言えば、姫様が俺に使えと放ってきた剣、非常に重かったもんな。

「あれは練習用の刃を潰した剣でな。私は放逐中だったから、ちゃんとした剣を持たせてもらえなかった。平和だから、これでも大丈夫だと言ってな！」

「えっ、だって姫様、あの剣で骸骨戦士を切ってたでしょ」

「平たいもので丈夫なものなら、力いっぱい振るえば切れるものだろう」

「わはは!!　力任せに無理やり切ってたんですか あれ！　ひでえ！　ゴリラだ！」

「ゴリラだと!?　……それはなんだ。おい、ウェスカーの器も空いているじゃないか。まあ飲め飲め」

「おっとっと、いただきます。弁当箱に波々と注がれた酒ってのもいいもんですねえ」

揺れる酒の水面に、空の星が映る。

こいつをがぶがぶと風情も何も無く飲み干す。

「うん、味は分かんないけど美味いんじゃないこれ」

「私もあまりよく分からんな」

俺とレヴィア、差し向かって、特にやることがないので酒を飲む。

さっきまで、世の理不尽に対して怒りを放っていた姫様だが、ようやく落ち着いてきたようだ。

しみじみと空を見ながら呟く。

「考えてみれば、私が戦えるうちに魔王軍が出現し始めたのだ。これは幸せなことかもしれんな」

「そうですよ、世の中前向きに考えましょう」

「うむ、そういうものだな！　これから、魔王軍が世界を滅ぼしに掛かるかも知れないし、まだまだ世の中は捨てたものではないな！」

「その意気その意気！　ささ、もう一杯……」

「いただこう！」

男らしく俺の酌を受けた姫騎士は、これをまた一息で飲み干していく。

実に男前だ。

「まあ、確かに俺も、姫様に会ってからなんか人生が動き出した感じがしますよね。まさか村を出るとか思ってなかったし」

「何を言う。そなたほどの魔法の使い手が、辺境の農村で燻っている事自体がおかしいのだ。これは世界の損失だぞ!?　一体、そなたが正式に魔法を習い覚えることで、どれだけ多くの魔王軍を狩ることができるか……!!」

「なるほど」

熱く語るレヴィアだが、なんか俺もそんな気になってきた。

うん、俺がキーン村に居続けるのは、ある意味勿体無いんだな。

だって俺は農業とか牧畜とか全く出来ないしな！

「考えてみれば、俺と姫様の出会いも魔王軍様々ですなあ」

「そういうことだ。よし、魔王軍に乾杯！」

「乾杯！」

わはははは、と盛り上がる俺とレヴィア。

門番たちは青い顔をしながら、こっちをチラチラ伺っている。

お腹が減ってるのかな。

「おーい、君たちもこっちに来て一緒に酒盛りしないかね」

俺が彼等に向かって手をふると、門番たちはブンブンと顔を横に振った。

「冗談じゃねえ……！　なんか、変なことを言い合って盛り上がってる酒盛りなんざ、絶対悪い酔い方するに決まってる!!」

「そうだそうだ。それに、ガーディル殿下に絶対目をつけられるぞ！　俺たちは自分の身が大事なんだから、レヴィア殿下には悪いが参加はできねえ！」

「仕事熱心な」

俺は感心した。

誇りを持って仕事をすることは大変結構なことだ。

俺は未だかつて仕事などしたことがないのだが、仕事をしている人々へのリスペクトは常に持っているぞ。

だが、尊敬とそれに対して悪戯することはまた別腹なのだ。

「私は構わんぞ。何せ、この旅で一番有意義なものを得たのだからな」

酒が半ばまで干された瓶を手に、酒越しに俺を見るレヴィア。

「共に魔王軍と戦おうウェスカー！　これから忙しくなるぞ……！」

「おっ！　なんか分かりませんがお付き合いしましょう！」

俺はその場のノリで答え、酒の満たされた弁当箱を掲げた。

星空を背景に、俺たちは弁当箱と酒瓶を打ち付け合い、乾杯したのだった。

「そうだろうそうだろう。どうだ、君も魔導師の端くれなら持ってみるかね？　まあ、特級魔法を扱えるほどの実力がなければ力を発揮しないのだがね」

貸してもらえた。

おほー、ずしんと重いぞ!!

こんなもん持って動き回ったり、ましてや戦ったりは無理だ。

試しに魔法も使ってみる。

「えーと、ボール」

泥玉を足下に作ってみた。

普通の泥玉だった。ちょっとだけいつもよりツヤツヤしている。

気持ちだけ魔力を増幅するっぽい。

だが、一番の効能は、持っていると大変派手でかっこいい、ということだろう。ハッタリ能力は大変向上する気がする。

「お返しします。俺には早いみたいで」

「ンン？　そうかね？　ははは、君も腕を上げてこの杖を使えるほどになりたまえよ！」

ウィドン王国は見た目重視、と。

そんなことをしていたら、イチイバとニルイダがようやくやって来た。

イチイバは木製の杖を、ニルイダは水晶玉を持っている。

「おいおい、ウィドン王国の中で何やってるんだ!?　なんで仲良くなってるんだよお前!?」

「有意義な時間だった」

くちくなったお腹を撫でながら、我がユーティリット王国勢と合流する。

俺は、彼らからしても新参者もいいところなので、イチイバとニルイダくらいしか話しかけてこない。

何やら、ユーティリットの魔導師たちは気位が高いらしい。

ウィドン王国曰く、質実剛健な田舎者というが、それだけに実力を見せないとこちらを信用してくれないということか。

では実力を見せれば良いのである。

すぐに、開会式が始まった。

今年の主催者であるユーティリット王国からは、ガーヴィン王子が主催者代表として登壇し、風の属性を使った拡声の魔法でもじゃもじゃ何か話している。

直立不動でそれを聞いているのは、うちの王国の魔導師たちばかり。

マクベロンはリラックスした姿勢だし、ウィドン側はあろうことかテーブルを出してきてお茶会をしているし、オエスツー王国は謎の黒フードの数が増えている。明らかに大きさが人間じゃないのが結構交じっているんだが、誰も気にしてない。大らかなんだなあ。

オエスツーを率いているらしい選手団代表は、黒髪で白い肌の露出度が高いお姉さんであった。

耳が尖っていて額に宝石が埋まっている。

変わったお洒落だ。

彼女をぼけーっと見ていると、あちらさんも気付いて、こっちを見てにっこり笑った。

俺も、ニヤリと笑い返す。

その後は、暇だったので王子の話が終わるまで、俺はグラウンドの草をむしっては丸めて捨てていた。

途中でダンゴ虫を発見し、奴らを指でつついて丸めることに熱中してしまった。

六匹まで丸めて、規則的に並べ、転がしたダンゴ虫が他のダンゴ虫に当たった時、どのように他のダンゴ虫は転がるのかを調べていたら、周囲の人々が動き出したようだ。

「終わったか。有意義な時間だった」

「お前、殿下の話だってのにずーっと虫をいじってただろ!?　ありえねえ！」

イチイバはこちらをきちんと見ていたようだ。

「イチイバは面倒見がいいのだな。いいパパになるぞ」

俺が朗らかに笑って彼の肩を叩くと、イチイバは凄い顔をした。

「そうじゃないからな!?　殿下がめちゃくちゃお前のこと見てたから！　青筋立てて見てたから！　自国の次期王となるお方が話してるってのに、無視して草むしりとか虫いじりとかありえねえからな!?」

「あのままだと寝てしまう気がしたので、俺なりに眠気を紛らわせるように努力したんだ。お陰で今は寝ていないぞ。大したものだろう」

イチイバがひきつけを起こしたみたいになってぶっ倒れた。

忙しい男である。

これを見てニルイダが慌て、

「だめよイチイバ。ウェスカーとまともにコミュニケーションを取ろうと思っては……!! **告げる。我が体内を巡る魔力《オド》をもって、かの者の疲れを癒す。体力付与《ヒーリングスタミナ》**」

ニルイダの手のひらが白く輝くと、白目を剝いていたイチイバが徐々に落ち着いてきて、黒目が戻ってくる。

「はあ、はあ、はあ、すまないニルイダ。危うくウェスカーにやられるところだった……!」

新しい魔法じゃないか。

俺が読んだ魔導書には書いてなかったから、きっと上級の生命魔法だろう。

魔法の名前を覚えたぞ。

それに、大体どういう感じで魔法が発動するか把握した。

今度使ってみよう。

俺たちがそんな風に、親交を楽しんでいると、既に会場では合戦の試合が始まってしまったようだ。

内容は、ウィドン王国若手魔導師VSオエスツー王国若手魔導師。

やって来た係員たちに、俺たちはグラウンドから追い出された。

観客席の真下に、魔導師用の席があり、そこに座って試合を見ることになる。

「見ろ、ウィドン王国め、また無意味に煌びやかな杖を作ってきたぞ。相変わらず何の力もないのだろうに」

「あそこまでギラギラしていると悪趣味よね……。それより、オエスツーの魔導師……あれはゴーレムじゃないのかしら？　魔導師の姿が見えないわ」

ウィドン王国の若手魔導師マークが出てきていた。

彼と相対するオエスツー側は、マークの三倍くらいのサイズがある黒いフードの何者かだ。

マークは余裕の笑みで、

「フフフ、体の大きさと魔法の華麗さには何の関係もないさ。さあ、真のゴージャスな魔法というものを見せてあげよう!!」

あの、金銀で作られた猛烈に重い杖を構えて、何やらポーズを決めている。

杖を持った手がプルプルしているから、支えるだけで精一杯なんだろうなあ。

審判がやって来て、二人の間に立ち、ボディチェックをする。

どうやら問題なしと判断したらしい。

「明らかに片方は人間じゃないのに!?」

ニルイダが不満を口にしている。

だが審判が問題ないというから問題ないんだろう。

かくして、試合が始まった。

「さあ受けてみよ！　この僕の華麗な大魔術!!　風の上級魔法と水の上級魔法をブレンドした、氷の嵐を今ここに！　**我は命ず……**」

『もがーっ!!』

黒フードが両腕を持ち上げ、ガッツポーズを取った。

その瞬間、フードの中の暗いところから、真っ黒な光線みたいなものがマーク目掛けて降り注ぐ。

魔法の詠唱をする暇もない！

「な、なにぃーっ!?」

マークは驚いた顔のまま、もろに光線を浴びてしまった。

グラウンドで爆発が起きる。

他の魔導師が吹かせたらしい風が、すぐに爆発の煙を吹き飛ばしてしまった。

そこには、マークがお尻を高く突き上げたかっこ悪い姿勢でぶっ倒れていた。

尻がひくひく動いている。

生きてる生きてる。

「ウィドン王国の魔導師が着てるローブは、高い魔法防御性能があるからな。あれがなかったら、

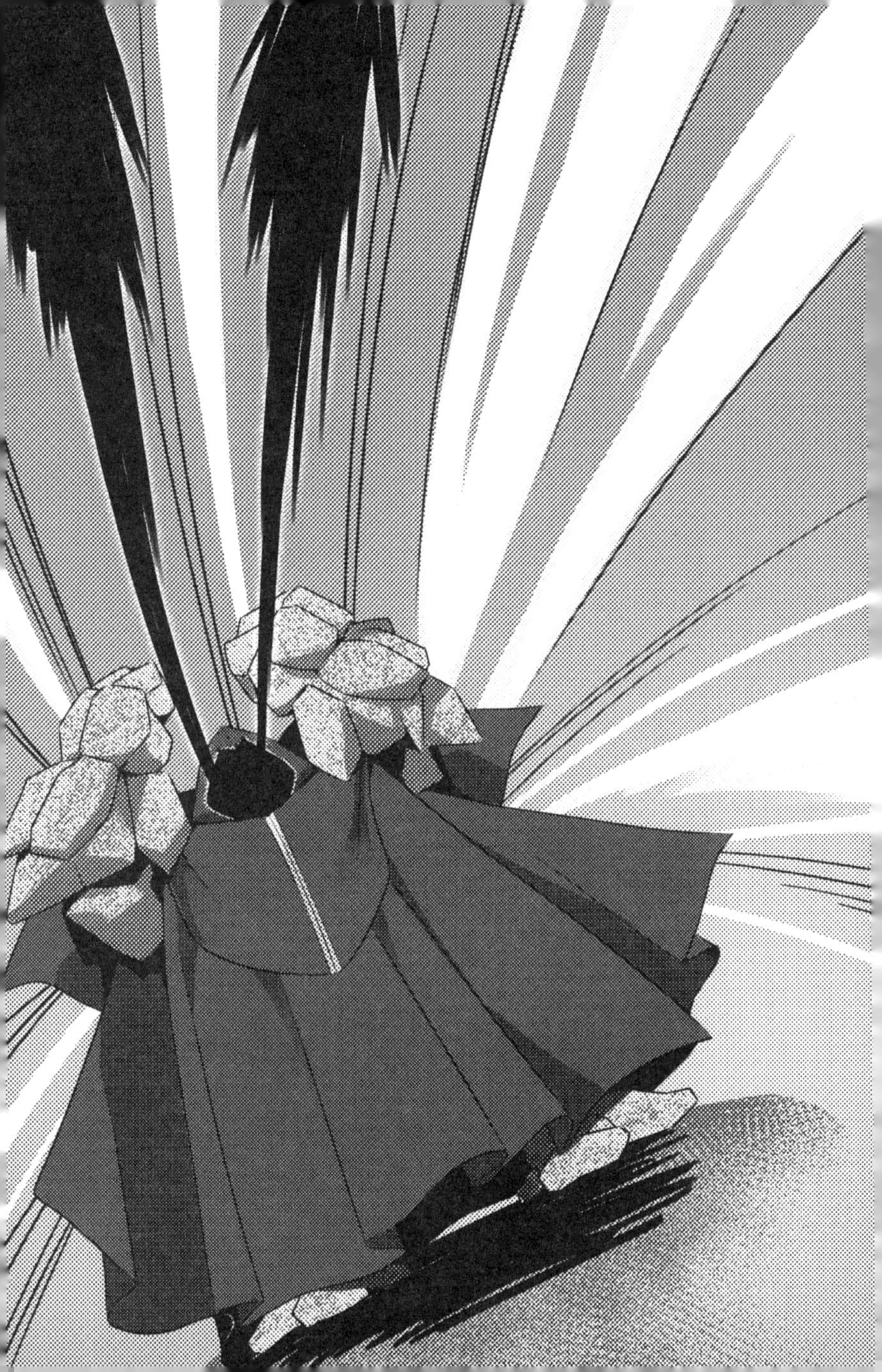

命がなかっただろう。オエスツーのあいつ、洒落にならねえぞ！」

イチイバが青ざめて叫んだ。

審判が試合の終わりを告げる。

だが、オエスツーのでかいのは止まらなかったのだ。

そいつはなんと、観客席に顔を向けて、

『もがーっ!!』

ポーズを取った。

「そんな、観客があぶないっ！」

ニルイダが叫んだ。

「ふむ」

俺は指先を構える。

即座に、エナジーボルトを細く引き絞るイメージをする。

「ピンホール・エナジー……」

何となく思い出したのは、マクベロンの魔導師、ナーバンの炎の矢だ。

「フレイム」

なので、即興で付け加えた。

俺の指先が紫色に強く輝く。同時に、赤い輝きが生まれ、赤と紫が絡み合いながら放たれた。

細い糸のような射撃が伸び、今まさに観客席に黒い光線を吐こうとしていた黒フードに当たる。

ちょうど、後頭部あたり。

当たった箇所のフードが燃え上がり、魔法は黒フードの本体に当たって……。

『も、もがーっ!?』

突き抜けた。観客席の頭の上辺りを、赤と紫の螺旋になった魔法が突き抜けていく。

黒フードの口から吐き出されるはずだった光線は、あろうことか黒フードの後頭部から吹き出した。

次に、そいつの耳の辺りから。やがて、黒い光線は黒フードの全身を貫いて吹き出して、そいつ自身を包み込み、焼き尽くしてしまった。

オエスツーの魔導師席で、代表の女魔導師が立ち上がった。

こっちを熱い視線で見つめてくる。

俺はウィンクを返した。

「どうだい、かっこいいだろう」

だが、状況はさらなる混乱へ向かいつつあったらしい。

視界の端で、俺は見てしまったのだ。

レヴィア姫様を幽閉している、特別室の塔が崩れ落ちていくのを。

来るぞー。

しかし合戦は継続するのか

グラウンドの端にある扉が開き、控えの魔導師たちが走ってきた。

彼らは崩れ落ちたオエスツー王国の黒フードの残骸を、さっさと掃除する。

全く、検分とかやらないのだ。

風の魔法を使ってザッと吹き散らしたあと、染みや汚れは水の魔法で洗い流す。

「それでは合戦再開です！」

審判の一人が宣言すると、観客席がわっと沸いた。

その反面、ユーティリット王国のガーヴィン王子は青い顔をしている。

いきなり、オエスツー王国が観客席に攻撃を加えようとしたのだから焦ったのだろうと思いきや。

チラチラと崩れ落ちた特別室の塔を見ている。

彼の周りに部下らしき連中も集まってきていて、何か話し合っているようだ。

レヴィア姫の対策会議かな？

だが、姫様が来ると確定したなら、俺はちょっと張り切らねばならんな。

「オエスツーの魔導師、やっぱりゴーレムだったな。観客席を向いたのは、誤動作だったのか？」

「そうかもしれないわね。やっぱり特級魔法だもの、難しいに決まっているわ」

イチイバとニルイダの会話を余所に、俺は次の合戦プログラムに目を通す。

上質な紙に、焼き刷り《プリント》という魔法で合戦のプログラムが刻まれているのだ。

しばらくは、オエスツー王国とウィドン王国の試合が続くらしい。

「あとは、恒例のことだが……ウェスカーのさっきのあれは、なんだ？」

「おお、あれか」

俺は魔導師席まで飲み物を売りに来た売り子さんから、冷えたビールを買ったところである。

陶器のジョッキに並々注がれた黄色い液体は、ほんのり良い香りがする。

「エナジーボルトを細く伸ばすと、射程距離が伸びるのは知ってるだろ？」

「初耳だぞ!?　というか、エナジーボルトの形状を変化させる研究をしている魔導師なんて、ユーティリットにはいないはずだ……」

「そうか。あのな、そうやって細くして伸ばしたエナジーボルトで、炎の矢の魔法を包むのよ。そうしたら、何やら絡み合って螺旋みたいになった。ゴーレムって言うそうだが、あのオエスツーの奴は炎が通じにくいんだったよな。だから、エナジーボルトと一緒にぶつけようってことにした。なんか螺旋になったら貫くパワーみたいなのが増したなあ。あ、お姉さんナッツもちょうだい」

俺はジョッキのビールを呷りながら、ぼりぼりナッツを食べる。

塩味が効いていて大変美味しい。

王都は食べ物が美味しくて最高だな。

イチイバは、俺が話した魔法の仕組みを理解できなかったらしく、しきりに首を傾げていた。

ニルイダに至っては理解を諦めた様子である。

彼女は、生命魔法や水属性魔法の、補助的な魔法を専攻してるらしい。戦闘用の魔法は専門外なんだな。

やがて、俺がビールをお代わりしているうちに、オエスツーとウィドンの合戦は終わった。

あれ以後、オエスツーはすっかり大人しくなって、観客に攻撃は仕掛けないようだ。

おっ、なんか黒フードが肘から先を飛ばしてウィドンの魔導師をぶっ飛ばした。

あの魔法、なんだろうなあ。

そんなこんなで、合戦はオエスツー王国の勝利。

これは大番狂わせだったようで、観客席はどよめきと歓声にあふれる。

貴族たちの席からは、大げさな嘆きの声とともに、高級な紙で作られた紙吹雪みたいなのが飛び散った。

「あれなに？」

「貴族や豪商たちは、合戦の結果で賭けをしているの。一回の勝負で、町の一角が建つくらいのお金が動くと言われてるわ」

「なるほど」

では、結構な連中が損をしたみたいだな。

心なしか、ビールとナッツが美味くなった気がする。

「おいウェスカー、次は俺たちの出番だぞ」

イチイバに指摘されて、プログラムを見たらなるほど。

グラウンドを整えたら、ユーティリット王国VSマクベロン王国だ。

初戦は若手魔導師同士の勝負、と。

「ニルイダは補助専門だから、俺と一緒に出ることになる。ユーティリットの若手魔導師の実力ってのを見せてやる。ウェスカー、お前はせいぜい師匠の顔に泥を塗らないようにしておけよ！」

「ほい」

師匠ってゼロイドのことか。

彼は離れた師匠席から、俺のさっきの魔法について聞きたそうな顔をしてチラチラこっちを見ている。

だが、周囲の中堅や師匠魔導師連中に囲まれて、今年のオエスツー王国の異常な強さについて意見を求められている。

腐っても宮廷魔導師なので、こうやって意見を求められるのだな。

やがて、グラウンドで新たな合戦の開始が告げられた。

イチイバとニルイダが、やる気満々の顔になって出ていく。

俺はビールをお代わりした。

見た感じ、マクベロンの若手はそれなりに腕がいいみたいだ。

全員が木製の杖を持っており、これが魔法を増幅しているように俺には見えた。

マクベロン王国の魔導師は、道具を使って強化してくるタイプなのかもしれないな。

これに対して、イチイバとニルイダはコンビネーションで立ち向かい、善戦した。

だが、若手同士、実力が近かったんだろう。

杖による増幅を受けたマクベロン側が、最後は魔法で押し切り、イチイバとニルイダはばったりとグラウンドに倒れ伏したのだった。

ゼロイドが「ああ～」と残念そうな声を上げる。

そして、ついに他の魔導師を無理やり掻き分けて、こっちまで走ってきた。

「ユーティリットの若手の矜持は、君に掛かっているぞウェスカー!!　頑張るのだ!!」

「なるほど」

「頼むぞ……！　どうやらレヴィア殿下が脱走したらしい。間違いなくここにやって来るが、その時に我々が不甲斐ない姿を晒していたら考えるのも恐ろしい……!!」

「姫様はそんなこと気にしないと思うなあ」

「君が負けると殿下の顔に泥を塗ることになる！　より一層、彼女が口にする魔王襲来の話が受け入れられなくなるぞ！」

「それはちょっと困りますな。よし、俺は頑張ると決めたのです」

俺はすっくと立ち上がった。

お腹がビールでたぽんと鳴った。

ゼロイド師の熱視線を背中に受けながら向かった先は、グラウンドの中央。

先にその場に立っている男へ、観客席から黄色い声援がかけられている。

「きゃー！　ナーバン様ー！」

「三年経って、ナーバン様は本当に男前になられたわね！」

「あたしがあと十歳若ければ放っておかないのに！」

女性人気一番、マクベロン王国若手魔導師筆頭で、カモネギー伯爵が長子、魔導師ナーバンである。

「来たな、金魚のふんめ！」

その金魚というのを俺は見たことがないのだが、何やら罵倒の文句のようだ。

このナーバンという男、俺が知らぬ語彙を持っているのだな。伊達に貴族の生まれではない。

「そのふんだが、俺とお前で一対一なのか」

「そうだ。一回戦は団体戦、二回戦は大将同士の一騎打ちと決まっている！」

「えっ、俺が大将だったの!?」

初耳である。

「何をアホ面をしているのか!!　この間の夜の出来事はまぐれだったと、俺は証明するためにやって来たのだ。マクベロンの栄誉と共に、俺は貴様を倒し、俺自身の栄誉を手に入れる!」

熱く宣言すると、ナーバンの周囲がぼんやりと赤く輝きだした。

あれは魔力が集まってきているのだ。

審判が慌てて、試合の開始を告げる。

周囲は、ナーバンへの声援に包まれている。

奴は余裕の笑みを浮かべながら、詠唱を始めた。

「我は命ず!　いでよ炎の精!　来たりて炎の矢となり、七度、我が敵を穿て!　炎の矢《フレイムアロー》!!」

瞬時にナーバンの周囲に生まれた七本の炎の矢。

これを見て、会場はわっと沸いた。

「行け!」

ナーバンの指示に従い、矢は俺に向かって襲い掛かる。

俺は一瞬考え込んだ。

この間は、エナジーボルトを手に宿してはたき落としたが……。

これ、風の魔力でコーティングされているから、割と直にいけるんじゃないだろうか。

実際に試してみることにする。

俺は手を伸ばし、炎の矢の一本を摑み取った。

「あつっ！　だが火傷するほどじゃないな」

「何っ!?　ふ、炎の矢を素手で摑んだだと!?」

空いた左手にエナジーボルトを纏い、他に飛来する炎の矢をギリギリで防ぎながら、摘まんだ炎を分析する。

この炎には核がない。

風が炎の形を保って、推進力の元にもなっている。

これに核を与えるなら……。

「ボール」

俺は土の初級魔法を唱えた。

俺の場合、手が触れている範囲にしか魔法が展開しない。そのため、泥玉《ボール》は俺が摘まんだ炎の矢の中に出現した。

瞬時に、泥玉が乾いた。

俺は手を翳しながら、炎を圧縮する。炎は、赤を通り越え、黄色っぽい白色になった。

すると、泥玉の一部がとろけ始めたのだ。持ってるだけで周囲が超熱い。

こいつを、押し出す。

「エナジーボルト！」

結果、紫の輝きに包まれ、芯を得た炎の矢は、まるで炎の玉とでもいうべき形になった。

これが放物線状に、ナーバンへと向かっていく。

「名づけて、炎の玉《ファイアボール》」

「な、なにぃっ!?」

炎の矢を退けられると同時に、見知らぬ魔法で反撃されたナーバンが狼狽した声を上げた。

「わっ、**我は命ず！　いでよ炎の精！　集いて壁となり……**だめだ、間に合わん!!」

ナーバンは詠唱を中断し、グラウンドに身を投げて辛うじて、炎の玉を回避する。

だが、炎の玉の核は脆い泥玉である。

地面にぶつかると同時、それは燃え上がりながら砕け散り、灼熱の破片を辺りに撒き散らした。

「ぐっ、ぐわーっ!?」

ナーバンの悲鳴が響き渡る。

やっぱりなあ。

俺、詠唱はまだるっこしいと思っていたのだ。

唱えなければ攻撃できないし、防御する時なんか間に合わないだろう。

鮮烈のシュテルンとやり合った経験から言うと、もっと工夫しないと戦闘にはならない。

それは今まさに、こうして証明されたわけだ。

会場は、期待の俊英であったナーバンが、俺というなんだかよく分からない奴にやられてのた打ち回っているので、騒然としている。

その時だ。

会場と外とを繋げていた通用門が、突然音を立ててぶち破られた。

鉄でできた巨大な門が、グラウンドを弾みながらぶっ飛んでいく。

あちこちから上がる悲鳴。

周囲から、ユーティリット王国の兵士たちが駆け出してきた。

全員フル武装である。

一体、何が起ころうとしているのか。

知れている。

俺はナーバンを無視すると、ぶっ飛んできた扉をひょいっと回避し、そのまま通用門に向かって歩き出した。

手を上げて、挨拶する。

「いらっしゃい姫様。ちょうど俺がかっこいいところを見せるところだぞ」

「それはちょうど良かったわ。魔王軍と戦った魔法使いの実力、存分に見せてやるのよ、ウェスカー！」

現れたレヴィア姫は、そんなことを大声で仰《おっしゃ》ったわけである。

魔王軍アタック

「魔王軍と戦ったですって……!? ということは、お前たちがシュテルン様に傷を負わせた、姫騎士と魔導師……!!」

レヴィア姫の言葉に反応したのは、オエスツー王国の魔導師を率いている、露出度が高い女の人だった。

なんか色々俺にアプローチしてくるので、おっ、これはとうとう俺にもモテモテな時代がやって来たなと思っていたが、違ったらしい。

いや、敵と味方に分かれた恋人たちというのもオツなものではあるのだろうが。

「ほう……貴様、シュテルンと言ったな。では、あの赤い骸骨騎士の縁者……つまりは魔王軍か！」

妄想にふける俺の横で、姫様は戦闘モードな声色に切り替わる。

平時はちょっとは女らしい仕草や行動をするのだが、こうなると国王や王子も震え上がる、ユーティリット王国一の問題児に切り替わるのだ。

そして、レヴィア姫をじりじりと包囲し始めたのは魔王軍……ではなくて、自国の兵士たちだ。

彼らは手に手に、獣用の投網を持ち、あるいは彼らに紛れた黒装束連中は、吹き矢を構え、屈強な兵士に至っては相手を取り押さえる用の先が二股に分かれた太い棒を持っている。

どれだけ姫様は恐れられているのだろう。

尊敬してしまうな。

「そなたら！　私を相手にしている場合ではない！　あれはオエスツー王国の皮をかぶった魔王軍だぞ！　敵はあちらだ！」

「姫様は声が通るなあ」

俺はしみじみと感心した。

開会式でのガーヴィン殿下は風の魔法で声を広げていたが、レヴィアは腹から出した声を会場中に響かせている。

すると、噂のガーヴィン殿下がお付きの兵士を連れて走ってきた。

「いい加減にせよレヴィア!!　俺の顔に泥を塗るつもりか！　これは次代の王となる俺の、各国への披露目を兼ねてもいるのだぞ!!」

「兄上では話にならん!!　父上を出せ！」

「話にならんとは何だ!?　陛下は上の席で腰を抜かしておられる!!　お前がめちゃくちゃをやるから、陛下の面子も丸つぶれだぞ!!」

「兄妹げんかが始まったぞ」

俺は見物することにした。

取り巻いている兵士たちも、呆然とした様子である。

状況はこのままぐだぐだになるかと思われた。

だが、それでは済まない者たちがいたのである。

もちろん魔王軍だ。

いきなり無視された形になった魔王軍は、強硬手段に出た。

「ま、ま、まさか、私たちが無視されることになるとはっ……!!　人間風情が舐めるなああああっ!!」

露出度の高い女魔導師が叫ぶと、彼女の背中から翼が飛び出した。

蝙蝠《こうもり》の翼である。

そして、彼女に従う黒フードたちが次々にフードとローブを脱ぎ捨てていく。

現す姿は、岩石でできた巨人や、見上げるほどの大きさの骸骨、あるいは実体がない黄色い亡霊みたいなものに、兜の目元を赤く光らせた甲冑などなど。

観客席のあちこちから悲鳴が上がった。

「ええいっ、兄上と下らん口論をしている場合ではない！」

「待て、どこに行くレヴィア！　話はまだ終わってはウグワー!!」

おっ！　レヴィア姫がガーヴィン王子を蹴り飛ばしたぞ！

王子が放物線を描いて空を飛んでいく。

兵士たちが慌てて、その後を追いかけていった。

レヴィア姫包囲網に穴が空いたのである。

「ウェスカー、蹴散らせ！」

「合点承知。ははは、まさか兵士に向かって魔法をぶっぱなすとは思わなかったなあ。せっかくだから色々試してやろう」

俺がやる気になったのを見て、兵士たちは目を剝いた。

彼らも、俺とナーバンの試合は見ていただろう。

炎の玉《ファイアボール》は大変危険な気がするので、しばらく封印だ。

もっと平和な魔法で兵士たちを、安全に無力化しようではないか。

俺は靴を脱ぎ捨てると裸足になった。

手指、足指合わせて二十指。

全てから魔力を放つイメージ。

「ワイドボール」

俺の周囲に、二十個の泥玉が出現した。

「ワイドボール」

さらに二十個。

「ワイドワイドワイドワイド」

泥玉が積みあがっていく。

それらは脆い泥玉である。

自重に負けて、泥の雪崩が発生した。

「うわーっ、泥が、泥がーっ!!」

泥に足を取られて、兵士たちが転倒していく。

レヴィアはそんな泥の雪崩を剣で一閃、道を切り開きながら走り始めた。

倒れた兵士を足場にして、華麗に疾走していく。

「ぐへえ」

「うぼお」

「あふん」

踏まれるたびに兵士たちが悩ましい悲鳴を漏らす。

さて、俺も姫様の後を追うとしよう。

俺は尻の下に泥玉を作り出すと、そこに圧縮した高温の炎を叩き付けた。

すると、泥玉が猛烈な爆発を引き起こす。

この爆風に乗って、俺は空を飛ぶのだ。

ただ、思いつきはしたものの、実際に使って飛んでみたら問題点が発覚した。

「いてっ、尻いてっ!?　この飛び方はだめだ！　尻を防御する方法を考えないと」

ズボンの尻の辺りが焼けてしまった。

炎に強いズボンを用意しておかねばならないな。

さて、空を飛ぶ俺を、魔王軍側から飛来する、骨の翼を生やした骸骨戦士たちが迎え撃つ。

「ば、ばかな！　人間が空を飛ぶだと!?」

「いや落ち着け！　あいつは爆風で吹っ飛んでるだけだ！　妙に正確な狙いでこっちにやって来るが！」

「方向転換はできまい！　死ねい!!」

空飛ぶ骸骨戦士たちが、俺に向かって切りかかってきた。

「ふふふ、空中で吹っ飛ばされている人間が方向転換できないなどと、誰が決めたのかね」

俺はニヤリと笑い、

「超至近炎の玉《クロースレンジファイアボール》！」

先ほど生み出した危険魔法を目の前で放つ。

「ウグワーッ!?」

もろに食らった骸骨戦士たちは、骨の翼や体の一部を破壊され、地面に落下していく。

無論、俺も巻き込まれて別の方向に吹っ飛ぶ。

「グエーッ」

「おお、やっと来たなウェスカー！　さっきと同じのを何発か上から降らせるのだ！」

無茶振りに過ぎる。

だが、人間、頼られると嫌な気はしないものだ。

俺はあちこち服を黒焦げにしながらも、懲りずに超至近炎の玉をあちこちで連発する。

その度に、魔王軍から悲鳴が上がり、俺も悲鳴を上げてあっちこっちに吹っ飛ぶ。

「くうっ、あの人間の魔導師、頭がおかしいのか、それとも頭が狂っているのか!?　無詠唱の上に、全く動きが読めない！　まさか自分ごと巻き込んで魔法攻撃を仕掛けてくるなんて!!」

魔王軍の女魔導師が焦った声を漏らす。

そこに一直線に突っ込んできたのが、レヴィア姫だ。超至近炎の玉が巻き起こす爆発を、身一つでぶち抜いて、敵の真っ只中まで到達する。

「貴様がこやつらの主と見た！　お命頂戴！」

「あの爆風の中を一直線に!?　あなた正気!?　ええい、ゴーレム！」

『もがーっ！』

レヴィアと女魔導師の間に立ちふさがったのはゴーレム。ウィドン王国のマークを一撃で倒したものと同じタイプだ。

そいつはガッツポーズを取ると、また『もがーっ』と黒い光線を放とうと……。

「ウェスカー！　私もあの牢獄の中でそなたに負けぬよう、新たな魔法を生み出していたぞ！」

あっ、特別室じゃなくて牢獄って言っちゃった！

それを聞いた観客席がざわざわ。国王が胃の辺りを押さえて辛そうな顔をする。

「告げる！　滾れ血潮！　奮えよ筋肉！　燃え上がるアレとか吹き付けるコレとかを纏い、筋力強化《エンハンスストレングス》!!　でやあああああああ!!」

凄い早口で詠唱すると、レヴィア姫の走る速度が加速した。

彼女の体が赤く輝く。

レヴィアは籠手《こて》に覆われた拳を構えると、目の前に聳え立つゴーレムの膝目掛けて、思い切り叩き付けた。

ぶつかった瞬間、ゴーレムの片足が凄い音を立ててへし折れる。

崩れ落ちてくるゴーレム目掛けて、レヴィア姫は超高角度のキックを放つ。

『も、もがーっ!?』

「せえいっ!!」

響き渡る轟音。その一撃で、岩の巨人は粉々に砕け散った。

「待て！　待て待て待て!?　貴様、情報によればちょっとした生命魔法しか使えないのではなかったのか!?」

「ちょっとどころではない生命魔法を使えるようになったのだ！　覚悟!!」

「くっ!!　**魔王よ、障壁を！**」

女魔導師が、緑色の光の壁を生み出す。

それが、レヴィアの放った回し蹴りと衝突した。

一瞬、障壁と蹴りが拮抗したものの、その直後に甲高い音を立てて壁が割れる。

「馬鹿な!?　物理的な攻撃だけで魔法防壁《ガードバリア》を!?　貴様のそれは生命魔法ではない！　纏っているのは元素魔法の力か!?」

「よく分からないが、さらに覚悟っ！」

剣を腰に下げているのに、ひたすら拳と蹴りに物を言わせるレヴィア姫。

女魔導師を追い詰めていく。

あれはおとぎ話で読んだ、ゴリラという幻獣に似ている。気がする。

ということで、俺はレヴィア姫ゴリラモードと名づけた。

さて、俺である。

気付くと素っ裸であった。

被服の類は全て、炎の玉で燃えてしまったのだから仕方ない。

難燃性の服の調達をしておきたいものだ。

だが、素っ裸になると凄まじい利点があることに気付いた。

全身を、エナジーボルトの発射箇所にできるのだ。

「全方位《オールレンジ》エナジーボルト！　ハハハハハハ！」

俺は高笑いしながら、戦場にエナジーボルトの雨を降らせる。

避ける隙間さえないようなエナジーボルトに撃たれて、骸骨戦士や亡霊たちは次々に倒れていく。

ところで、股間から出すのはちょっとよろしくないな。ここだけは自粛して泥玉を被せておこう。

そんな俺の前に立ちふさがる、恐らくは魔王軍の強力な戦力。

巨大骸骨だ。

『おのれ化け物め！　これ以上はやらせんぞ!!　不死者軍が副長、ガシャ・スケルトンが貴様をここで食い止める!!』

「フフフ！　その意気やよし！　来るがいい、遊んでやろう！」

俺は高らかに宣言すると、空中を回転しながらガシャ・スケルトンへと襲いかかるのであった。

そして魔法は尻から出る

『我が骨は無数の骸骨戦士の集まり！　そして貴様のエナジーボルトを防ぐための盾を装備だ！』

ガシャ・スケルトンの全身から、複雑に組み合わさっていた骸骨戦士たちが分離する。

奴らは今まで俺が相手をしてきた骸骨戦士と比べて、鎧や盾が厳つい作りをしているように見える。

「そこまで言うならエナジーボルトだ」

俺が空中からエナジーボルトの雨を降らせる。

すると、骸骨戦士たちは頭上に盾を掲げてそれを防御する。

対策を取ってきたということか。これは強敵だぞ。

ところで、俺は別に飛行しているわけではなく、爆風で宙を舞っているに過ぎない。

ということで、時間が経てば落下していくのだ。

ひゅーっと骸骨戦士たちの方向に落下していくと、奴らが慌てて盾の隙間から剣を構えた。

「馬鹿な！　魔導師がそのままスーッと落ちてくるだと!?」

「あいつ何も対策してなかったのか!!」
骸骨たちに心配されている俺だ。
それに、向こうは向こうで俺の魔法への対策のため、両手を使う弓を装備できない。
『我が攻撃する！　ぬしらは守りを固めよ!!』
ガシャ・スケルトンが吼えながら、俺に向かって巨大な腕を叩き付けてくる。
俺はこれに対して、
「超至近炎の玉《クロースレンジファイアボール》！」
すっかり使い慣れたこの魔法を放つ。
服はすっかり爆風で焼けてなくなってしまったが、俺の体には不思議と傷がつかない。
どうやら体内の魔力みたいなのが、この魔法の効果から俺を守っているらしい。
『グワーッ!!』
ガシャ・スケルトンが腕を爆発で砕かれ、仰け反る。
「ぐわーっ」
俺が自分の爆風で吹っ飛ばされて地面に落ちる。
くっ、相討ちか。
俺は尻で着地したが、咄嗟に泥玉を大量に作って助かった。
しかし全身泥だらけである。

童心に返ってしまうな。

『ウゴゴゴゴ！　行け、魔導師を倒すのだ！』

巨大骸骨の腕は、すぐに再生していく。

骸骨戦士がいる限り、そいつらを材料にして幾らでも元に戻るのか。

命じられた骸骨どもが、俺に向かって襲いかかってきた。

みな盾に身を隠しながら、槍を突き出してくる。

俺対策が施された戦術である。頭いいなあ。

「待って、作戦タイム」

俺は泥玉を次々作りながら、水の上級魔法、水流《アクアライン》を尻の下に走らせ、座ったまま泥の上をつるーっと滑って逃げる。

よし、逃げながら作戦を考えるとしよう。

エナジーボルトで盾を回避し、急所目掛けて攻撃することはできる。

だが、敵がいささか多いのだ。

この数を一気に倒せる魔法とは。

「あっ、炎の玉《ファイアボール》でいいんじゃん」

俺は気付いた。

さっきまで空中の、攻撃と姿勢制御に使っていたせいで、炎の玉が純粋な戦闘用魔法であることを忘れていた。

これは空を飛ぶ魔法ではないのだぞ！

「それお、炎の玉だ！」

俺は手のひらの上に、燃え盛る炎と核になる土と、それを煽る風を生み出す。

そして、エナジーボルトに乗せて飛ばすのだ。

骸骨戦士たちに真正面から叩き込まれた炎の玉は、轟音と共に爆発を起こす。

「ウグワーッ!!」

骸骨戦士たちが吹き飛んでいくぞ。

自慢の盾も、圧倒的な破壊力と、爆発が生む衝撃波の前には無力である。

『ぬぅう!!』

巨大骸骨が唸る。

「うぬー」

俺も、炎の玉が生む熱で体に張り付いた泥がパリパリに乾き、ちょっと痛くなってきたので唸る。

『ならばこれでどうだ！　骨の雨！』

ガシャ・スケルトンが叫ぶと同時に、両腕を大きく広げた。

一瞬にして奴の腕が翼に変わり、羽毛のように骨が生えてくる。これが俺目掛けて降り注ぐのだ。

「あ、いかん、防御の魔法とか考えたこともなかった！　とりあえずエナジーボルト!!」

俺は上空から狙われる面積を減らすために立ち上がった。

そして、腕組みをしながら空を見上げ、目から凝縮したエナジーボルトを放つ！

これを目撃した観客席から悲鳴が上がった。

というか君たちまだ逃げてなかったのね。

『グハハハハ!! これで貴様はその場に釘付け！ 隙ありということだ！』

骨の雨の中、ガシャ・スケルトンの笑い声が響く。

目の前にいる巨大なそいつの頭が、突然パカッと切り離された。

耳の辺りから、骨で出来た蝙蝠の翼が生える。

なんと、こいつは胴体と頭で分離して行動できるのだ。

俺は目からエナジーボルトを発している都合上、目線で奴の動きを追うことができない。

そこを見越して、ガシャ・スケルトンは空中から、俺の後ろに回りこんだようだ。

『背後から、身動きできぬ貴様を貪り食らってやるわ!!』

「フフフ、果たしてどうかな……!?」

俺の腹がぐるぐると音を立てる。

ようやく、さんざん飲み食いしたツケがやって来たようだ。

最後にたらふく飲んだビールの炭酸が、出所を求めて暴れている。

『何を強がりを！ 後ろに魔法を放つなど、我が居場所を確認もできぬくせに、やれるはずがない!!』

「ならば背後全部を攻撃するのだ……！　さしずめこれは……」

俺の後ろに、風が吹き付ける。

ガシャ・スケルトンが猛烈な勢いで迫っているのだ。

俺は落ち着き、奴の鼻先目掛けて尻からガスを出した。出るものは出る。自然の摂理である。

そして、俺の魔力がこのガスに注ぎ込まれる！

「放屁大火炎《バーストフレイム》!!」

俺の背面一体が、大爆発を起こした。

ちょうど、ガシャ・スケルトンを迎え撃ち、包み込むような形で、生まれ出た轟炎が勢いを増しながら広がっていく。

『こ、これはっ!?　こんな魔法は知らぬ!!　し、し、尻から魔法が出るなどぉぉぉぉ!!　ぐわあああああっ!!　シュテルン様、お許しをぉぉぉぉぉ!』

魔王軍の不死者軍副長とやらである、ガシャ・スケルトン。最期の言葉であった。

頭が炎に包まれて、爆発を起こす。

すると、目の前にいた奴の胴体もまた動きを止め、爆発した。

「馬鹿な！　ガシャ・スケルトンをたった一人で倒す魔導師だと!?　この世界は、平和に溺れて無力だったのではないの!?」

魔王軍の女魔導師が狼狽した声を上げた。

俺がふいっと彼女を見ると、露出度が高いローブがあちこち切り裂かれている。

レヴィア姫の攻撃を受けたのだろう。

「くっ、だけど、こっちの女もだめっ……！　人間じゃない！」

「人間である前に、貴様ら魔王軍を倒すと心に決めた身！　だらあっ!!」

年頃の女性としては首を傾げたくなることを口走りながら、レヴィア奮戦中である。

ゴーレムの大群を力づくで踏み越えながら、女魔導師に迫る。

「しつこいっ!!　**魔王よ、御力にて鉄槌を!!**」

女魔導師が掲げた腕が緑色に輝く。

すると、彼女の頭上に突然、大きなハンマーが出現する。

これがレヴィアに襲いかかるのだが、

「ふんっ!!」

レヴィアはこれをがっしりと受け止めながら、

「せええいっ!!」

力技で後ろへ受け流した。

だが、魔法の衝撃は結構なものだったらしく、レヴィア姫の体は空に吹き飛ばされてしまった。

「おのれっ！　だが、これでは終わらん！」

叫ぶなり、ユーティリットの一応お姫様である彼女は、佩《は》いた剣を抜いた。

この戦いで、初めて剣を抜いた！

そして投げつけた！

「なっ!?」

これには女魔導師も呆気に取られたようだ。

反応が間に合わず、剣は一撃で彼女の腹を貫通する。

「ぐふっ……!!　な、なんという勝利への執念……!!　あの姫騎士は危険だった。やはり、シュテルン様の見立ては正しかったのだ……！」

女魔導師は血を吐きながら、レヴィアを睨みつける。

その目の白黒が反転して、もう、とても人間とは思えない見た目になる。

「そして魔導師！　貴様ら二人は、我が魔王軍にとって危険すぎる!!　人間側に予測外の強大な戦力がいてはいけないのよ！　私の命に代えても、お前たちを消し去る！」

女魔導師が叫ぶと、彼女の背中から生えていた翼が変形した。

それは、頭蓋骨になると、カタカタと口を開いて詠唱を始める。

「**遠く閉ざした次元の狭間よ。かの者たちを受け入れよ！**」

多重詠唱とでも言うんだろうか。

俺がボーッとしながら見てると、女魔導師を中心にした世界が歪みだしたように思った。

「姫様、何やらまずそうですけど」

「小細工をする奴め！　ウェスカー、魔法が完成する前にあの女魔導師を倒すぞ！」

レヴィアは俺のすぐ前に着地して、一瞥もせずに告げた。

タフな人である。

「姫様、剣ですぞ」

「ああ、助かる！」

俺は骸骨戦士の剣を拾い、彼女に手渡す。

そして同時に、得意のエナジーボルトを女魔導師目掛けて放った。

レヴィアもまた、駆け出しながら剣を投げつける。

「**闇の魔将よ、受け入れっ**　ぐぶっ」

詠唱を終える寸前に、レヴィアが投げた剣が女魔導師の首を刎《は》ね飛ばした。

俺のエナジーボルトは狙いを外し、割と適当にその辺にいた骸骨とか亡霊とかを「ウグワーッ」とか叫ばせながら消し飛ばした。

だが、である。

詠唱は大体完成していたらしい。

『**受け入れよう。我が闇の世界へ！**』

何かよく分からない、黒いローブで目が光る奴が空に浮かぶと、グラウンド全体が巨大な穴になった。

「むむー」

唸りながら落下する俺だが、その上にレヴィア姫が着地してくる。

「ぬう、これは、私たちをどこかに飛ばしてしまう魔法か。もしかすると、世界魔法の一種かもしれない。ところで、踏みつけているウェスカーが妙に柔らかい気がするのだけど」

「はっ、ただいまの俺は裸なのであります」

「何故、戦っていて裸になるのか……!?　では、まさか私の足の下にあるこの柔らかいものは」

「硬くもなりますが」

「やめよ！」

「いたい！」

そんなやり取りをしながら、俺たちは別の世界へと吹っ飛ばされたわけである。

第四章　闇の世界エフエクス

IKINARI
DAI-
MADOU

闇の世界の懲りない面々

落下し続けるかと思ったが、あっという間に視界がひらけた。

そこは、夜の森のそこそこ高い位置だった。

レヴィア姫は状況を瞬時に把握すると、俺を足場にしながら落下を操作し、その辺の木の枝葉が茂っているところに突っ込んだ。

枝葉をクッション代わりにしたわけだ。

俺も俺で、

「泥玉!!」

クッション代わりの泥玉を作って、枝葉と泥で衝撃を和らげたのである。

ということで、外見以外は無事に着地した俺とレヴィア。

「ウェスカーはすっかり泥玉の魔法が気に入ったようだな」

「ああ。効果的にいたずらできますからな」

姫が上から降りた後、俺も起き上がった。

相変わらず全裸だが、幸いその辺りには大きな葉っぱがある。

色が紫色で不気味だが、これを千切って纏っておこう。

葉っぱをブチッとやったら、木が、

「ギョエーッ」

と悲鳴を上げた。

なんだろう。

「ウェスカー！　こやつは木ではない、魔王の手下……いわゆる、魔物というやつだ！」

姫が俺をちょっと後ろへ突き飛ばす。

というのも、直後に俺たちの場所目掛けて、巨大な枝が降ってきたからだ。

これを、レヴィアは両手を合わせて摑み取り、

「ふんっ!!」

猛烈な勢いでへし折り、ねじ切る。

不意打ちだというのに、彼女の野生の勘が的確な対処方法を編み出したんだろう。

いやあ、野生児は強いなあ。

すると、また木は悲鳴を上げながら振り返った。

なんと、幹に巨大な人面が付いているではないか。

変わっている。

「姫様、足下注意ですよ。地面隆起《ライズアップ》！」

俺は土の上級魔法を唱える。

俺の手が触れた場所から、地面がまっすぐの方向に隆起していく。

これが魔物の木まで届くと、根っこの部分を掘り返すように大きく盛り上がった。

「ウゴゴゴゴー！」

魔物の木が、枝を腕のようにばたつかせながらふらふらしている。

「ウェスカー、風の魔法は使えるか？　私を強い風で押せ！」

「使ったことはないですが、まあ姫様の言わんとすることは分からないでもない。そんじゃあ、えぇと、風の……ブリーズ！　を超でかくしたやつ!!」

一瞬そよ風が吹いた後、俺のオーダーに応えて、風の魔法が発動した。

言うなれば、そよ風の魔法ブリーズの重ねがけだ。

そよ風がそよ風を後押しし、それをさらにそよ風が押す。それをまたそよ風が押してそよ風が
……ということでそよ風のウン倍のパワーを持つ突風だ!!

「いい風だ！　とーう!!」

レヴィア姫は躊躇することなく、風に乗った。

そして、跳躍と同時に、突風と共に魔物の木目掛けて突っ込んでいく。

「魔王死すべし!!」

彼女の叫びと共に、実にかっこいい飛び蹴りが魔物の木に炸裂した。

何しろ、パンチでゴーレムの膝を砕き折る姫である。その飛び蹴りを受けて、魔物といえど木が耐えられる訳がない。

「ウゴーッ!!」

叫んだかと思うと、木は上下真っ二つに裂けてしまった。

人面を半分に割られたそいつは、すぐに動かなくなる。

どうやらこの人面が弱点でもあるようだ。

「ふむ。倒してみれば、これはまだ強い魔物ではなかったな」

「それって姫の感想ですよね？」

俺はレヴィアの言葉を流しながら、倒された魔物の木に歩み寄った。

……おや？

幹の中に気絶したらしい人の姿がある。

それは、つやつや光る変わった服を纏った、女の子だった。

フードを被っており、癖のある前髪がそこからはみ出している。小柄で、俺やレヴィアよりも随分年下に見えた。

「姫様、この子……」

「ああ。現地の住民だろう。つまり、この世界には人間が住んでいるということだ」

胸が小さいですね、と言おうとしていたことは取りやめておく。

「彼女が目覚めたら、聞いてみるとしよう。それから、あの魔物の腹の中には、他に人間だったと見られるものが幾つかあったようだな」

「食べられたんでしょうなあ」

「ああ。つまり……日常的に魔物が存在し、人々を脅かす世界。魔王により近い世界と言えるではないか！　なあ、ウェスカー、これは思わず心が躍りだすじゃないか！」

「姫様が興奮している！　なんだ、それなら俺も一緒になって踊っちゃうぞ」

かくして、興奮した姫様と俺は、気絶した少女の周りをぐるぐる回りながら踊った。

なんとなくノリで、である。

しばらく踊り続けていると、女の子はうるさかったのか、顔をしかめながら目を覚ました。

開かれた彼女の目はちょっとつり目で、緑色の瞳が印象的だ。

「あれ、こ、ここは……？　私、人喰い樹に食べられたはずなのに……」

「おお、目覚めたか！　さあ、この世界のことを話すが良い」

目覚めたばかりの相手に、ノータイムでがぶり寄る姫様。

ここで俺は、レヴィアを見た彼女の口から信じられない言葉を聞くことになる。

「あっ……きれいな人……！　あなたは、一体……？」

きれいな人!!

そうか。

伝説の幻獣ゴリラを思わせる活躍ぶりにすっかり失念していたが、レヴィア姫は絶世の美女と言って差し支えない容姿だった。

すっぴんでこれなのだから、ドレス姿のときはおそろしく美しかった記憶が……記憶が……ああ、王城の果物は美味しかったなあ……。

「ウェスカー、何をよだれを垂らしているか！　娘よ。私はレヴィア。ユーティリット王国の王女であり、騎士でもある。この葉っぱを着込んだ男は魔導師ウェスカー。私の心強い片腕だ。私たちは魔王軍と戦っていたのだが、ある魔導師の罠にかかってこの世界に落とされてしまってな。詳しい話を聞きたいのだ」

「お、王女様！　しかも、そんなにきれいなのに魔王と戦っているんですか!?　は、はい、この世界は、闇の世界エフエクス。魔将〝闇道のフォッグチル〟が支配する場所です……」

これを聞いたレヴィア、瞳をキラキラさせて俺を振り返った。

「聞いたかウェスカー!!　魔王だ！　魔王の話が通じるぞ！　しかも魔将とやらが支配しているときた!!　私はこんな世界を待っていたのだ！　ここは……ここはなんていいところなのだ!!」

天を仰ぎ、神々に感謝する姫騎士。

これを見て、女の子は引いた。

「えっ、ちょ、何を言ってるか分かんないです」

「いいかい女の子。レヴィア様は魔王絶対殺すウーマンだったんだけど、悲しいことにレヴィア様と俺の世界には魔王がいなかったんだ。だけどここにはそれっぽいのがいるし、話も通じる。だから姫様は喜んでいるのだ」

「えっ、ちょ、ちょっとまだ分かんないです」

怯えている。

これはあれだな。俺が村人によく見た表情だ。言うなれば、言葉が通じるのに会話が通じてない相手を前にすると人はこんな顔をする。

「うむ。それは仕方ないな……。では……」

俺はまだ天を仰ぎ続けるレヴィアに語りかけた。

「姫様、踊りますか！」

「よし！」

かくして、またも少女を囲んで俺とレヴィアで歓喜の踊りを踊った。

俺は乗りで踊っているだけなのだが、体を動かしていると楽しいものである。

少女がすっかり、俺たちへ化け物でも見るような目を向けるようになった頃、ようやくレヴィア姫の気が済んだ。

「ふう。では娘。そなたの住む国へ案内してくれ。私が魔将フォッグチルを屠《ほふ》ろうではないか」

唐突にそんなことを言うので、少女は目を白黒させた。

「えっ!?　あ、あの、その？」

こういう普通の感性の人がいると、落ち着くな。

ゆったりできる気がする。

「まずはそなたの名を聞こう。名を何と言う？」

「あ、あの、私はメリッサです。隠れ村のメリッサ。あの……私たちは外にキノコ狩りに来ていて襲われて……！　みんなは、仲間は無事なんですか!?」

「メリッサか、良い名だ。では行こう。なに、仲間？　うむ、死んでいた。よくぞそなただけが助かったものだ。何か秘訣があるのか？　それはもしかすると、魔王軍と戦う手立てになるかも知れん。教えてもらいたいものだ」

「落ち込む暇を与えず畳み掛けるとか、姫様は話が早いですよねえ。あ、隠れ村って美味しいものある？」

「なっ……なんなのこの人たちーっ！」

メリッサの叫びが響き渡る。

俺たちは、愕然とする少女メリッサの両脇を抱えて、隠れ村とやらに向かうのだった。

隠れ村にて情報集め

道すがら、茫然自失状態になったメリッサから聞き出した情報だ。

この世界、エフエクスはもともと、平和な世界だったらしい。

だが、ある時突然やってきた魔将、フォッグチルが空を黒い霧で包み込んでしまった。

それから、森は魔物で満たされ、村は外の世界と断絶されてしまったらしい。

隠れ村以外の村はみな襲われ、滅ぼされた。

逃げ延びた人々を受け入れ、村はなんとか生き延びているとか。

歩みが遅いため、メリッサは放っておくと俺たちから遅れてしまう。これを防ぐため、メリッサを肩に担ぐレヴィアである。

メリッサも諦めたのか、抵抗はしない。ちなみに、葉っぱ以外裸で泥だらけである俺に担がれるのは、さすがに嫌だったようだ。

やがて俺たちはメリッサが案内する道を行くと、目の前に村だという所が見えてきた。レヴィアがそれを見上げる。

「ここが隠れ村か」

一見すると、複雑につる草が絡み合った塊のように見える。

とても高いところまでつる草は続いていて、向こう側を窺うことは難しい。

第一、この世界は暗くて、まるで黄昏の世界だ。

光が乏しいと、なおさら向こうが見えない。

「お、降ろしてください。入り方があるんです」

求めに応じて、レヴィアはメリッサを降ろす。

少女はつる草の下までしゃがみ込むと、大量に葉っぱが積もったところを掘り返し始めた。

すると、大量の葉っぱと見えたものが、ごそっと一気に取れる。

固めてあるのだ。そして、これが入り口の扉だったらしい。

「こっちです！」

「ふむ、案内しろと言っておいてなんだが、私たちをそんなに簡単に信用していいのか？　私たちはもしかすると、魔王軍の手先かもしれないぞ」

レヴィア姫の投げかけた言葉に、メリッサは相変わらず、俺たちへの不可解なものを見る目のまま振り返った。

「魔王なら、もっとちゃんと騙そうとしてくると思います。あなたたち、おかしすぎですもん」

「これは一本取られましたな姫様」

俺は笑ってしまったが、レヴィア姫は何を言われているのか分からないらしく、首を傾げたのだった。

隠れ村に入ると、そこは一見して普通の村だった。

子どもたちがわいわいと騒いで回っており、並ぶ家のあちこちには、軒先にぼんやりと灯りが灯っている。

普通と違うのは、空がないことだ。

空までもつる草に覆われて、窺うことはできない。

「隙間があると、そこから魔物がやって来ますから」

「なるほど」

俺は納得した。

メリッサに案内されながら進むのは、村の村長会館とやらいうところである。

ここには村の役員が三人いて、彼らの合議制で村を運営しているのだとか。

元々は三つの村だったものが魔物に襲われ、逃げ延びた者たちで一つの村を作った。それがこの隠れ村なのだそうだ。

会館の中には、長いヒゲ、スキンヘッド、アルカイックスマイルの三人の役員がいた。それぞれ、元村長なのだとか。

「私はユーティリット王国の王女レヴィア。故あって、この世界に落とされた。だが、そなたらと私たちの利は一つである。魔将とやらを倒そうではないか」

初めはやって来たレヴィアの美貌に驚いていた彼らだったが、姫様がいきなり本題に切り込んだのでさらに驚いた。

「ちょ、ちょっと待ってくだされ！　いきなり情報量が濃すぎて心臓がびっくりしました」

ヒゲが胸を押さえて脂汗をかきかき。

「うむ、まずは自己紹介を。我らは……」

おっさんたちの名前などどうでもいいので覚えていない。ヒゲ、スキン、スマイルの三人で良かろう。

「ひとまず礼を言わせてもらいましょう。我らが村の民、メリッサを救っていただき、ありがとうございました」

「礼には及ばない。彼女の連れを救うことはできなかったのだから。それよりも、知る限りの魔将に関する情報を伝えてもらいたい」

「落ち着いてくださいレヴィア姫様。この村には村のやり方というものがございます。まずは、民家を一軒お貸ししますので、ゆっくりと旅の疲れを癒やしてくださいませ」

最後に言ったのはスマイルである。

どうも、この三人の役員はのんびりしている。

レヴィアが生き急いでいるだけかもしれないが。

彼女は大変不満そうだったが、それでも連戦の疲れと、牢獄（特別室）で編み出した魔法で随分魔力を消耗したらしい。

本日は一泊することを了承したのである。

「ウェスカー。私は生命魔法を幾つか使えるが、あまり多く使うと、息切れがしてくるのだ」

「なるほど」

道すがらだ。

俺たちの世話役にメリッサが任じられ、メリッサも、

「普通の人がこの人たちと接していたら頭がおかしくなります！　分かりました、私がやります！」

と悲壮な決意を固めて与えられた役割を受け入れた。

彼女は非常に気を張った表情をしつつ、俺たちを案内してくれる。

村は思った以上に広く、途中から、つる草と生い茂った木々が交じり合うようになってきた。

この辺りには灯りが少なく、どうやら畑のようなものが幾つか見える。

そして、畑の脇には小さなトンネルのようなものが掘られているではないか。

「あのトンネルはなに？」

「地下にも、光がいらない野菜を作るための畑があるんです。あとは家畜も飼っていますから」

「ほー。自給自足だ」

俺は感心した。

「ウェスカー、私は感じたのだが、そなたの魔力もまた、自給自足のようなものなのではないか？　あれほどのエナジーボルトを放って、息切れ一つしないのはおかしい」

レヴィア姫の話がさっきと繋がった。

なるほどなるほど。言われてみれば、俺は魔力切れという感覚を知らない。

レヴィアは実際、魔法合戦会場での戦いでかなりの魔力を消費したらしく、疲れているようだ。

疲れていても魔物の木くらいはねじ伏せる辺りさすがだが、コンディションはどうしても落ちてくるとか。

対して俺は、次々に魔法を使い続けても全く問題ない。

魔法を使った後はいやに腹が減るが。

「恐らく、ウェスカーは外から魔力を供給する能力を持っているのだろう。それと、食べたものをすぐに魔力に変えられるのだ。そうだ。そうに違いない」

「なるほど」

一分の隙もない理論である。

感服つかまつった。

「では、私は一眠りするがそなたはどうする？」

家に着いた後、レヴィア姫はさっさと鎧を脱ぎ捨てた。

何やら鎧下も脱ぎ捨て始めたので、俺はじーっと真面目な顔をして見ていたのだが、メリッサがぷりぷり怒り出して、俺を外に追い出してしまった。

「お腹も減ったので、その辺をぶらぶらしてきますよ。あと服が葉っぱなんで、服をもらいに行きます」

「そうするといい。ふぁ……。後で私の分の食べ物ももらってきてくれ。それとメリッサも一緒にいなくていい。私はすぐに寝るからな」

「へい」

「はい」

そういうことになったので、俺はメリッサと共に家を後にした。

「メリッサはついてこなくていいのに」

「ウェスカーさんを一人で行かせたら、なんだかひどいことになりそうな予感がしたんです！」

なんと人聞きの悪い。俺は一人でもちゃんとできる男だぞ。

さて、ひとまず服の入手だ。

この村に来て思ったのだが、メリッサも、他の村人たちも、てかてかと光沢のある、妙にきめ細かな布地の服を身に着けている。

明らかに高級そうなんだが。

「これは糸巻蛾の幼虫から取れる糸で織ったんです。昔交流があったという他の国では、羊という動物の毛を使ったそうですが、この村にはいませんから」

「虫の糸かあ」

「ウェスカーさんの分ももらえますよ。行きましょう」

「よし」

行った。

この村は貨幣がなくて、村人全員が役割を与えられてそれに従事している社会だった。

村人であるというだけで、衣食住に困ることはない。ただし、労働の義務がある、と。

被服を担当する村人は、よそ者である俺をじろりと睨んだ。

「よそ者なんて珍しいけど……まだ何の役割ももらってないんだろ？　働かない奴にやる服はないね」

「そんなことはない。俺は魔王を倒すという役割があるぞ」

村人は一瞬目を丸くしたあと、鼻で笑った。

「そんなことできるものかい。人間に、魔王は倒せないよ」

「うちの姫様どっちかっていうとゴリラに近いから、そこはクリアしてる」

「話が通じない奴だね!?　いいか、魔物ってのは強力でな!?　人間じゃどうやったってやっつけることなんか」

「よし、では魔物をやっつけた魔法を見せよう。超至近《クロースレンジ》エナジーボルトだ」

俺はしゃがみ込むと、そこらの地面に射程を思い切り短くしたエナジーボルトをぶっ放した。

いつもの手に宿るエナジーボルトと違って、さらに至近距離で、ぺったりと手が触れた状態でなければ効果を発揮しない、圧縮された魔法だ。

次の瞬間、地面が高らかに吹き上がった。

爆裂したと言った方がいいかもしれない。

俺も吹っ飛ばされたが、そろそろこの感覚には慣れている。

余裕の表情でつる草が覆う天井までぶっ飛んで、俺はそのまま天井に突き刺さった。

「ぐわーっ」

天井があることは計算外だった。

「す、すげえ……!!」

「この人は、私を食べてた人喰い樹をやっつけた人だよ。魔法を使えるの……！」

メリッサの言葉を受けて、村人の声色が変わった。

「なんてことだ。それじゃあ、もしかして……俺たちは助かるかも知れないってことか……？　分かった。俺はあんたに賭けよう。俺の責任で、一着くれてやる！」

「おお、ありがたい。だがその前に俺を助けてくれ」

つる草に吊るされながら、俺は足をぶらぶらとさせたのである。

ウェスカーも歩けば魔物に当たる

俺は何やら分からぬ虫の糸で織られた布を手に入れた。これは非常に肌触りが良く、すべすべしていて具合がいいな。下着まで同じ材質なのか。

「ウェスカーさん、これは絹の服です。私たちはそう呼んでます」

「キヌとな。なんだかてかてかつるつるしていていいな。高そう……」

「私たちはお金を使いませんから。昔は使ってたそうですけど、魔将がこの世界を支配してからはずっと……」

「なるほど」

お金がないと、屋台で食べ物などが買えなくて大変だろうな、などと思う。俺が王都で覚えた買い食いは、人間が味わえる最高の贅沢の一つではあるまいか。

そういえば、メリッサも景気の悪い顔をしている。

俺が子供の頃は、もっと何も考えず、鼻水を垂らしながら野山を走り回り、母の作った菓子を食い、悪戯をしては村の者たちに追いかけられ……そう、もっと生き生きとしながら生きていた気がする。

俺はそんなことを考えつつ。メリッサを従えて、村の中を練り歩くのである。

そのうち、メリッサにも屋台での買い食いや、王都の美味い焼き菓子や果実を食わせてやらねばなるまい。あれは人生の味だ。

ところで今頃、レヴィア姫は魔力切れでぐうぐう寝ているのだろうが、俺は今も普通に、全身に魔力がみなぎる心地だ。

常にこのように元気がありあまっているから、魔力が本当にみなぎっているのかどうかは定かではないのだが。

「しかし……どこまで行っても変わらない風景だな」

「そうですか？　店と、家と、畑。必要なものは全てあるでしょう。なんなら、地下の畑や家畜を見に行ってみますか？」

「おお、それは面白そうだ。そうしよう！」

俺は、メリッサの誘いに乗ることにした。少し歩くと、畑が密集したところの中央に、穴が空いている。穴には梯子が掛けられており、これで中に下りていくようだ。

「よし、真っ先にいくぞ」

「あっ、ウェスカーさん足下に気をつけてください！　中には灯りが少ないですから！」

「平気平気……グワーッ」

いきなり足を滑らせて落下する俺である。梯子に粘る泥のようなものが付着していたのだ。

俺は尻もちをついてしまった。

「おお、最近よく尻をぶつけるなあ……」

尻を撫でて立ち上がりながら、キョロキョロと辺りを見回す。

「ほらあ。ツチブタのふんとかがあるから、滑るんですよ！」

上からメリッサの声がした。なにっ、それでは今踏んづけて滑ったのは豚の糞か！

糞を踏んづけた靴の裏の臭いを嗅いでみようと、アクロバティックな体勢になる俺。

それを呆れた目で見ながら、メリッサが下りてきた。

「もう！　いい年をした大人が、何をやってるんですかーっ！」

「でも糞を踏んだら嗅いでみたくならない？」

「き、気持ちは分かりますけど……あっ、下りてくる所見たらだめですからねっ」

メリッサの衣服は、スカート状になっている。なるほど、俺がここでスッと体勢を低くすれば、中身を拝むことができるというわけか。だが、今の俺の興味は、靴裏の糞に行っているからな……。

「……本当にふんの臭いが気になるんですね。でもちょっと複雑……」

複雑、とは。年頃の娘の考えることは分からないものだ。

さて、俺たちは気を取り直し、地下の畑を進むことになった。

ちなみに、糞は思ったよりも臭くなかった。どうやら、野菜くずの類を中心にして育てられているせいらしい。

少し行くと、生白い野菜が何本も立っている光景に行き合った。

「うおっ、これはなんだい?」

「柱大根です。植えておくと、上下に伸びるんですよ。それで、まるで柱みたいになって、土の養分を吸ってこうして太っていくんです。量が取れるから、大切な作物なんです」

「ほう。大きいから、大味そうな感じだな」

「うっ……。確かに、あんまりお味は良くないですけど」

不味《まず》いのか。

この世界の食生活は、あまり期待できそうにないなあ。

柱大根とやらをぺちぺち叩くと、中にみっしりと水気が詰まっている音がした。大体味の想像がついたぞ。

すると、叩いた大根の影から何か小さいものが飛び立つ。

あれはなんだ。

虫である。

なんだか小さくて、ひょろひょろとしており、飛び去ろうとする姿に覇気を感じない。

この世界の虫は貧弱なのだなあ……。

空にお日様がないせいかもしれぬ。だが、こんな貧弱な虫でも、ここらの作物たちの花を受粉させて、実りをもたらす働きをしているのであろう。

「見逃してやろう。逃げるがよい虫よ」

俺は飛び去る虫を見送った。

「ウェスカーさん、ツチブタはこっちですよ」

「ほいほい」

メリッサの呼びかけに応じて、俺はさらに奥へ向かうのである。

ところどころに、光を放つキノコみたいなのが容器に入れられて掲げられている。これが地下の畑の光源なのだろう。

「おや、メリッサじゃないか。こんなところまで来るなんて珍しい。今日はどうしたんだい？」

おばさんと遭遇した。

手には大きな木製のスコップを持っていて、そこには野菜くずが山盛りになっている。皮とか、へたとか、根っことか。料理すれば食べられる部分も多いのだろうが、そこは家畜の餌に回して豚を飼っているのだろう。

闇の中から、ぶうぶうという鳴き声が聞こえてくる。

目を凝らすと、そこにいるのはやや小ぶりな豚たちである。

目に当たる部分は小さくなっていて、鼻がちょっと大きい。

地下に適応した豚だな。

あっ、糞と同じ臭いがする。間違いなく俺が踏んづけたのはこいつらの糞だ。

「おおー、豚よ豚。美味しいお肉になれよ」

豚たちは柵に囲まれている。俺は身を乗り出して、奴らの背中をぺちぺち叩いた。

「ぶいー」

豚が鳴く。大人しい豚だ。

「そんなんでも、怒らせると凄い力で暴れるから気をつけるんだよ！」

おばさんが注意してくるが、その辺りは問題ない。

何せ、いつも怒らせると凄い力で暴れる姫騎士と共に行動しているからな。

豚をぺちぺちしたり、撫でたりしていると、俺に向かって豚がたくさん寄ってきた。

なんだなんだ。

「おや、その子たち、あんたを仲間だと思ってるんじゃないかね？　そんなにツチブタにもてる男は初めて見たね」

わっはっは、とおばちゃんが笑う。

俺も、もてると聞いて満更ではないのでヌフフ、と笑う。

せっかくなので、豚たちと交流を深めるべく、俺も柵の中に入って野菜くずを食うことにした。

「……ウェスカーさん、なんでそんな発想になるんですか……。あの、野菜くず美味しいですか？」

「微妙」

豚たちとともに野菜くずをもりもり食う俺である。

王都では、果物は皮まで美味しかった。だが、隠れ村の野菜は皮は干からびているし、へたも妙に元気がなく、歯ごたえがない。よくぞ豚たちはこんなものを文句も言わず食っているものだ。

いや、これは人間たちも一緒かもしれん。

美味いものを食えないということは大変よろしくないことだ。

俺の目に、めらめらと怒りの炎が燃え上がる。

「いつかお肉になる身だとしても、いや、だからこその豚たちには美味いものを食わせねばならん。魔将許すまじ」

「あっ、ウェスカーさんが初めて見る真面目な顔を……!!」

俺は常に真剣なつもりではある。

「よし、豚たちよ。お前たちが安心して美味しい豚肉になれるよう、俺は全力を尽くすと誓おう」

「ぶぅ」「ぶぅぶぅ」「ぶいー」

豚たちが俺の言葉に賛同するように、鼻を鳴らしながら押し付けてくる。

俺の衣装に、彼らの鼻の跡がつく。鼻水もだ。だが、鼻水以上に大切なものを受け取った気がする。それは豚たちの思いである。多分。

俺は決意を新たにすると、柵の入り口を開けて潜った。

するとである。

「ぶいー」

「あっ、子豚が逃げた！」

俺が入っていた柵から、小さくてつるつるした丸いものが転がり出た。そして、勢いよく走り出す。

おばちゃんは慌てて追いかけようとするが、子豚は素晴らしい機動力を発揮し、おばちゃんの手を掻い潜って暗い奥地まで入り込んでしまった。

「参ったね……今はあたし一人だし、奥の担当の奴はご飯に行っちまってるから」

「俺たちが行こう。な、メリッサ」

「私もですか!?」

君も来るのだ。

そういうわけで、メリッサを連れて奥に向かっていくことになる。

ここから先は、当然ながらメリッサだって土地勘はない。

ついでに灯りも無い。

「何も見えないですよう」

「任せろ。エナジーボルトだ」

俺は指先を紫色に輝かせた。ちょうどいい灯りになる。

「ひゃっ！　……分かっちゃいますけど、いきなり魔法を使われるとびっくりします……！」

「俺は割とホイホイ魔法を使うぞ。便利だぞー」

「便利なのは分かりますけど、ウェスカーさんってほとんど面白半分だったり思いつきだったりで魔法を使いますよね？」

「うむ」

全くその通り。

だが、今回の灯りを得るために使うエナジーボルトは、なかなかの使用方法ではあるまいか。

これで、周囲を照らしながら歩き回る。

ちょっと灯りを強めようとしたら、魔法の威力が高まりすぎたらしく、天井目掛けてぶっ飛んでいった。

低い天井に穴が空き、周囲がちょっと崩れそうな案配になったので、これはいかんと威力アップは自重することにする。

「やっ、やめてくださいね!?　私、なんとか生き延びたのに生き埋めで死んじゃうとか嫌ですからね!?」

「ぐえーっ、分かった分かった、分かったからしがみついて首を絞めるなー」

とりあえず、開いた穴の辺りに泥玉を作り出してぺたぺた貼り付けておく。これを着火の魔法で炙って乾かせば問題なかろう。

メリッサが落ち着いたところで、また探索開始である。

探索とはいっても、地下にある畑と畜産場みたいなものだ。別に道が入り組んでいるわけでもない。

この辺りでは、やはり柵があり、その中で「コケッ」「ココココ」「コケー」とかいう鳴き声が聞こえてくる。鶏を飼っているのだ。

そして、目的である子豚はすぐに見つかった。

「ぶいーー！」

丸くて小さいのが、鶏に追いかけられている。大人になれば大したことない相手なのだろうが、子豚からすると鶏は自分と変わらない背の高さをした生き物である。

それこそ、必死になって逃げている。

「今助けるぞ子豚よ」

俺は今まで感じたことのない責任感を覚え、鶏の群れの中に飛び込んでいった。

「コケーッ!?」「コケコーッ!?」

「喰らえ、泥玉！　泥玉！　また泥玉だ！」

次々に生み出される泥玉に、鶏がはまって動けなくなる。

所詮泥玉なので、もがいているうちに脱出はできるだろうが、子豚を追撃することはできまい。

俺はすぐさま、子豚を抱き上げて確保した。

「ぶいー」

「よしよし。お前が無事でよかった。これで将来的に得られる肉の量も守られた……」

「ウェスカーさん、優しいんだか打算的なんだか分かんないんですけど」

「こうして子豚が無事だったんだから、それでいいじゃないか」

俺は抱き上げた子豚の尻をぺたぺた触った。子豚が俺に鼻をぎゅうぎゅう押し付けてくる。

ハハハ、可愛い奴め。美味しくなるんだぞ。

これにて、地下の畑のちょっとした騒ぎは終わったと思われた。

ところがである。

「ファーン!!」

何やら、鶏でも豚でもない鳴き声が響き渡った。

何事であろうか。

鳴き声を聞いた鶏が、突如恐慌状態に陥る。

「なに!?　どうしたの!?」

メリッサがびっくりして、俺にしがみついてくる。

俺は子豚とメリッサをくっつけたまま、注意深く周囲を見回した。

鶏たちが大騒ぎしているのは、俺たちの近くではない。

ちょっと離れた、柵の向こう側……。

そこで、真っ赤な毛並みで四本足の動物が跳ね回っていた。

鶏の一羽を口に咥えている。

「ありゃなんだ」

「猫……？」

その動物へ目を向けたメリッサが呟く。

確かに猫に見えないことはない。だが、あんな真っ赤な猫は見たことがないな。

言うなれば赤猫だ。

「あっ、逃げちゃう！」

「追うぞ！　……メリッサ、俺から降りる気はないかね？」

「えへへ、ちょっと腰が抜けちゃって」

「仕方ない、このままごちゃっと追跡するか」

俺は子豚とメリッサをぶら下げたまま、赤猫を追うのである。

◆

◆

「こんなところに抜け穴が……」

赤猫はすばしっこく、すぐに見失ってしまった。

だが、光が差し込んでくる場所があるではないか。

ちょうど天井に穴が開いており、外に出られるようになっていたのだった。穴のサイズは人間がくぐるには少々小さいので、恐らく赤猫はここから地下へ侵入したのだろう。

「俺がちょっと見てくるのだ」

「うん、ウェスカーさん気をつけてくださいね」

メリッサに見送られ、俺は足下を地面隆起の魔法で盛り上げつつ、登っていった。

天井の穴は、腕を突っ込んで無理やり広げてみる。

ぽこっと、俺の顔が外に出た。

「うわあっ」

誰かの足がまさに踏み降ろされるところで、俺の頭とぶつかった。

誰かが転ぶ。

「何かがいきなり足下から……」

「俺だ！」

俺は腕組みをしながら、地面隆起の力でずもももももっと地下から出現する。

「ヒャアー！」

その姿を見て、周囲から悲鳴が上がった。

野太い男の悲鳴である。

一体何であろうかと思ったら、見覚えのある男が地べたに座り込んでいた。

「き、君は確か外の世界でメリッサを助けてくれた……」

「そういうあんたはスマイルではないか」

「スマイル……?」

俺が勝手につけたあだ名は通じなかった。

村の三人の役員の一人であるスマイルは、張り付いたようなアルカイックスマイルを引きつらせている。他に彼の護衛らしき男が二人ほど。見かけたことがない村人だ。

ただ分かるのは、この村人二人、明らかに俺を警戒している。

「こ、こんな村外れで何をしていたのですかな?　突然地下から現れて」

「うむ。子豚と赤猫を追いかけてですな。糞を踏んづけて地下の散策と洒落込んだのだが、思いの外豚に気に入られてしまい、決意を新たにしたところで」

「……さっぱり分からん」

彼らは警戒している様子を緩めないまま、困惑した表情になる。

村外れか。

盛り上がらせた地面が、すっかり穴より上に来ていたので、俺は悠然と大地に降り立った。

周囲を見回すと、確かに村外れだ。

スマイルたちの背中側は、いわば村を守る壁である、蔦が生い茂っている。そして、俺の後ろの辺りは一面の畑。背が高い麦のようなものが生えており、ちょっと離れたところからでは、この辺りに人が立っているなどと確認することも難しいだろう。

「あんたたちはこんな村外れで何をしてたんですかね」

ということで、俺も彼らに質問返しをしてみた。

「い、いやあ。わしらは村の視察ですよ。元々村長だった性分は抜けきれませんでな。こうして村の中を見て回り、怪しい輩《やから》が入り込んでいないのか調べるわけです」

「なるほど」

納得である。疑う余地はどこにもないな。

「じゃあ暇なんで俺も手伝いますよ」

「えっ!?」

今度はスマイル、目に見えて狼狽した。

「いやいやウェスカーさん、悪いですよ。これは私たち村の者の仕事で」

「いやいや俺も暇つぶしをしなければならないという使命感になんか燃えてるんですよ。姫様寝ちゃったんで構ってくれる相手がいなくてですね。あ、メリッサがいたか」

「いやいやいや」

「いやいやいやいや」

「いやいやいやいやいやいや……」

「うおお、もう我慢できねえ！　ヒェピタ様、こいつやっちまいましょう！」

俺とスマイルのやり取りに痺れを切らしたか、突如として見覚えのない村人の一人が激高した。

そいつはばりばりーっと自ら服を破くと、真っ黒な肌の角を生やした大男に変身する。

「あっ、人間ではなかった」

俺はびっくりした。

「早まりおって！　だが、見られたからには仕方ない！　口を封じさせてもら」

「おりゃあ、炎の玉《ファイアボール》だあ」

「ウグワーッ」

村人に化けていた大男、多分、魔物。こいつは俺の魔法で木っ端微塵になった。

話を途中で遮られたスマイル。ヒェピタとか呼ばれてたな。それが本名かしら。こいつはアルカイックスマイルのまま、しばらく固まっていて、すぐにだらだらと脂汗を流し始めた。

「な、なんだ今の魔法は」

「俺の魔法だぞ」

「詠唱しなかったではないか」

「元々しないぞ」

「ヒェピタ様あぶなーい!!　魔法使いめ、ならば魔法を使う前に叩きのめせば」

残る村人も、幹に人面がある樹木の姿に変わろうとする。

「も一つ炎の玉だあ」

「ウグワーッ」

村人に化けていた樹木、多分、魔物。こいつも俺の魔法で木っ端微塵になった。

スマイル改め、ヒェピタが、凄い量の汗をだらだらとかき始める。

「ま、まさか。まさかこれほどの力を持った魔法使いだったとは……！　我が名は魔将の副官たる悪魔神官ヒェピタ！　力のほどが知れぬお前たち二人のことを、フォッグチル様へ報告しようとしていたのだが……まさかこのような形で、我が正体がばれてしまうとはな……！」

徐々に、スマイルの姿の輪郭がぼやけていく。初老の男と見えたそいつの姿は、一回り大きく膨れ上がり、表情からは笑みがスーッと消えた。肌の色が青く染まっていき、髪の毛が同じ青色になる。そして、額に三つめの目玉がぐわっと開いた。

こうなると、とても人間のようには見えなくなる。

うん、魔物だ。

「魔物であったか」

村人二人も魔物だったが、こいつまで魔物だったとは。

もしかして、村にはまだ魔物が潜り込んでいるのかもしれんな。

これを伝えたら、レヴィアはきっと喜ぶぞ。

俺はそう思うといてても立ってもいられなくなり、レヴィア姫が寝ている所目掛けて走り出した。

「あっ!!」

俺が凄い速度で走り出したので、スマイル改め、ヒェピタはびっくりしたらしい。

「こら！　逃げるな！　この状況で一目散に逃げる奴がいるか!!　ええい、こうなれば面倒だ！　我が最大の魔法で、村ごと焼き払ってくれよう！　フォッグチル様のお心には適《かな》わんが、きっと後で話せば分かってくれる！」

焼き払うとか言っている。

村が焼き払われてしまうということは、村人がいなくなってしまうということではないだろうか。

そうなれば、あの服屋の店主や畑のおばちゃん、そして豚と鶏たちはどうなるか。

豚と鶏……！

今後、たっぷりと餌を食べて育ち、美味しい肉になるかもしれない豚と、卵をたくさん産んでくれるかもしれない鶏だ。

それが、焼き払われたり、世話をする村人を殺されて、餌をもらえずに痩せて死んでしまうかもしれない。

そんなことは許すわけにはいかないのだ。むしろそうなる前に、俺が食べたい。

「やれやれ、どうやら本気にならねばいかんようだな！」

俺はゆっくりと振り返った。

この全身にみなぎる感情は何であろうか。もしや、これが怒りか。

「ぬう、魔法使い、な、なんだその全身から溢れる紫色の光は……！」

「ヒェピタとやら。お前に、豚と鶏はやらせんぞ……!!　家畜を守るために、俺は初めて本気を出す！」

「たわけ！　**魔王よ！　我が手に焼き尽くす炎の奔流を！**」

ヒェピタは、両手を前に突き出した。そこから溢れ出そうとする、凄まじい量の炎。

「水流!!」

そこに俺は、両手から大量の水を吹き出させながら突っ込んだ。走りながらの魔法行使である。

「なにっ!?　わ、わしの炎を真っ向から打ち消す!?」

「出てくる前に消してしまえば火事の心配はないのだ！　さらにこうだ！　エナジーボルト！」

至近距離まで駆け寄った俺の目が、紫色に輝いた。全身を包む光が、目に集まって光線となり放たれる。

「ば、馬鹿な!!　目から魔法を!?　お前、本当に人間か!?　ぐ、ぐわあああーっ!!」

「人間が目から魔法を撃てないという話はない！　だって俺ができるからな！」

一つの魔法に集中していたヒェピタは、俺の目から放たれたエナジーボルトに対応できず、胸元にもろに食らって吹っ飛んだ。

「グェアーッ！」

背後の蔦にぶつかって、転倒するヒェピタ。

その時である。

「ウェスカーさん!?　なんだか上が騒がしいと思ったら……」

穴の中からメリッサが現れたのだ。腕には子豚を抱いている。

「ぶ、ぶいー!」

「きゃっ!?　こ、これっ……!」

彼女は状況を目にすると、驚愕に目を見開いて固まった。

これを見て、ヒェピタがにやりとスマイルを作る。即座にその手のひらから、黒い人形みたいなものをメリッサ目掛けて投げた。それはみるみる大きくなり、魔物の姿になる。

「今だ!　よし魔人兵ども!　あの娘を人質に取れ!!　おい貴様、メリッサの命が惜しければ」

奴はドヤ顔でこっちを向いた。その隙を見逃す俺ではない。

「隙あり!!　エナジーボルト」

俺は目からエナジーボルトを放った。

「グワワーッ!?　話の途中でェーっ!!」

ヒェピタの顔面にもろに当たった。

奴はエナジーボルトを、目から鼻から口から叩き込まれると、やがてその体が膨れ上がった。エナジーボルトで腹の中がいっぱいになったのだ。やがて、全身から紫の光が溢れ出し、その直後、悪魔神官ヒェピタは内側から爆発四散してしまった。

「えっ!?」

生まれたばかりの魔人兵が、びっくりして立ち止まる。

今まさに、メリッサに襲いかかろうとしたところだったのだ。

魔人兵は、俺とメリッサと、爆発したヒェピタのいたところを交互に見て、おろおろした。

「エナジーボルト！」

「ギョエーッ!!」

片付いた。

メリッサは、何が起こったか全く分からない、という顔をしており、徐々に状況を理解したようでぺたりとへたり込んだ。

「そ、そんな……。まさか、村の中にまで魔物がいたなんて……」

「うむ。スマイルがまさか魔将の副官みたいなのだったとはな。びっくりだ」

俺の言葉に、メリッサが今にも心臓が止まりそうな顔をしたのが印象的だった。

何を驚いているんだろう……。

ウェスカーが飲むエフエクスのお茶は苦い

「ウェーッ、ペッペッ！」

あまりの苦さに口に含んだお茶を吐き出す俺である。

「わっ、汚い！　だめでしょウェスカーさん！」

メリッサに叱られた。

十歳くらい違う女の子に大の大人が怒られている風景というのも、なかなかないのではないか。

だが、今のこの部屋の空気は大変重苦しくなっており、俺がお茶を吐き出したくらいでは軽くならない。

何故ならば……。

「まさか……村の中にフォッグチルの手下がいたとは……！」

「それがまさかサムソンだったなんて……！」

ヒゲとスキンが頭を抱えて呻いている。

サムソンって誰だったっけ。あのスマイルの名前か。

村の役人二人と、俺とレヴィア、そして世話役のメリッサ。

さらに、村の青年団代表らしきマッチョな青年がここにはいる。

青年は、チラチラとレヴィアを見ている。

今のレヴィア姫は、この村原産である絹の服に袖を通し、お湯で髪や体を洗ってサッパリ。

肩口で金色の髪を切りそろえた、毅然とした眼差しの美女に戻っている。

これが戦闘になると、泥と血に塗《まみ》れて幻の幻獣ゴリラもかくやというすさまじい姿に変わるのだから、世の中は無情である。

ちなみにこの場合の血は、大抵が敵の返り血だ。

レヴィア姫、シュテルン以外に遅れを取ったところは見たことがないから、かなり強いのだろう。

裏を返すと、シュテルンは非常に強いのだとも言える。

俺とレヴィア姫二人がかりでやっつけられなかったわけだしな。

「村の中にも魔王軍がいたというのか。では、間違いなく、魔将はこの村を泳がせているだけだろう」

レヴィア姫は冷酷な声音で断じた。

いや、俺は聞き逃さないぞ。ちょっと語尾が上がった。あれは絶対ウキウキしてる。

何せ、俺が悪魔神官ヒェピタをやっつけた話をしたら、地団太を踏んで悔しがっていたのだ。

「つまり、魔将フォッグチルは、その気になればいつでもこの村を滅ぼせるということだ！　なんという奴らなのだ魔王軍！　力だけではなく、絡め手も使えて、しかも人間たちに希望を与えておいてそこからどん底に突き落とす！　なんたる邪悪！　吐き気を催すような邪悪！　そうでなくては!!」

「おっ、姫様がヒートアップしてきて本音が出てきたぞ」

「レヴィア様やめてえぇ」

メリッサが悲痛な声を出したので、レヴィア姫は我に返ったようだ。

落ち着いて席に着き、茶を飲んだ。

そしてとても苦そうな顔をする。

ね、そのお茶苦いよね。

「メリッサ、砂糖ある？　え、生産してない？　そんなあ」

俺は悲しい気持ちになった。

太陽が昇らないらしいこの世界では、まともな作物が育たないらしい。

甘いものなんてもっての外なのだ。

俺が大好きな甘い果物とか、焼き菓子とか砂糖菓子とかは食べられないということだ。

それに、この世界の肉の味気ないこと。

さっき見てきた豚たちを料理したものなのだが、肉がとても泥臭いのだ。

臭いを抜くために、とにかく茹でる。

水だけは地下水からたっぷり汲めるそうで、それを使ってひたすら茹でる。

茹でて茹でて、肉汁とか何もかもなくなったパッサパサのを食べる。

「この世界には食べる喜びがないじゃないか」

「それでも、生きていられるだけましなんです。外の世界で取れるキノコは、村人にとって最高の嗜好品なんですよ！」

「なるほど」

だからこそ、危険を冒してメリッサは外にキノコ狩りに来たというわけか。

「姫様、これはこの世界を救わねばなりませんぜ」

俺は進言した。地下の畑でも強く思ったことを、改めて決意し直すのだ。

レヴィアも頷く。

「うむ。強力な魔将もいる。これは倒さねばならない。私が倒す。他は任せる」

「そうですね。俺もこの世界で甘い食べ物を食べるために頑張りますよ」

俺とレヴィアは、ガッチリと固い握手を交わした。

こちらの意思が固まったので、いつまでも頭を抱えて動こうとしない役人たちは放っておいて、独自に動くことにした。

「私たちは今から魔将フォッグチルを倒しに行く。どこに住んでいるか知らないか？」

レヴィアの質問に答えたのは、青年団代表らしきマッチョだった。

「ウッス、自分、外をパトロールした時に見たことあるッス。あれは霧の中に浮かぶ城だったッス。自分ら、霧の中に迷い込んでもうダメかと思ったッスが、城を見つけたらすぐ後ろに村へ帰る道があったッス！」

よく分からない説明だ。

だが、マッチョはすっかりレヴィア姫にメロメロで、なんとか役に立ちたいと道案内を志願してきた。

「ありがとう。頼りにしているわね」

ちょっと女の子らしい言葉遣いでマッチョの決意を労うレヴィア。

無意識だろうが、罪作りである。マッチョはもっとメロメロだ。何か、レヴィアからマッチョをメロメロにする光線でも出ているんだろうか。

村長会館から出てくると、青年団一同が俺たちを待ち受けていた。

「おおっ、出てきたぜ！」

「レヴィア様ってお姫様なんだろ？」

「うつくしー」

「やべえ、胸でけえ」

ざわざわしている。

俺がスッと前に進み出て、レヴィア姫と彼らの間に立ち、腕をバタバタさせて視界を妨害すると、物凄いブーイングが上がった。

「ひっこめー！」

「なんだおめー！」

「ぶちかますぞおらー！」

故郷に帰ってきたかのような安心感。

いやがらせは心地よいなあ。

「こんな人なのに、実は凄い魔法使い様だなんて……世の中分かんない」

メリッサが溜め息をついた。

そんな、すっかり大所帯になった俺たちがやって来たのは、悪魔神官ヒェピタことスマイル、本名サムソンが部下たちとともにたむろしていた、村はずれだ。

「ここにウェスカーさんが地下から出ていって、何かどたばたしてたんです。そしたら、サムソンさんがいて、魔物になってました……！　怖がる暇もなく、あっという間にウェスカーさんがやっつけたんですけど」

「ふむ、この辺りはちょうどつる草が絡まって、外とは行き来できないようになっている。これは他にある村の壁側と同じように見えるけれど……」

レヴィアが歩いていって、手の甲でつる草の壁をパァンッとスナップを利かせて殴った。

つる草が爆ぜる。

だが、みっしりと詰まったつる草の壁は、それでもまだまだ健在だ。

「すげえ」

マッチョがポカーンと口を開けて、レヴィアを見ていた。

彼自身、それなりに戦える人間なのかもしれない。だからこそ、レヴィアが相当に強いらしいと
いうことははっきり分かるのだろう。

俺は違いがよく分からん。

「ふむ」

俺もレヴィア姫の真似をして、つる草をパーンと手の甲でスナップを利かせて殴ろうと……。

すかっと空を切った。

俺は殴ろうとした腕の勢いに引っ張られて、壁があるはずのところに倒れ込んでしまう。

「うおー」

盛大に土煙が上がった。

絹の服が泥だらけである。

「ウェスカーさんが消えた！」

「あの邪魔な野郎が壁に呑まれた！」

「いい気味だ！」

「そのまま戻ってくるな！」

「ほう、これは……魔法でつる草のように見せているな。恐らくは、光属性の魔法かもしれない。そういうものがあると、ゼロイド師に聞いたことがある」

倒れ込んだ俺から見てみると、つる草の壁には人が通り抜けられる程度の穴が開いており、そこから壁の内側……村の様子が窺える。

だが、向こうからは倒れた俺が見えないようだ。

どういうことかな？

光属性の魔法？

俺は何もない空間に手を伸ばし、握ったり開いたりした。

「あ、なんかある」

実体ではないが、魔力のようなものがある。

よし、こいつを扱ってみよう。

元素魔法を使うときの要領で、外の魔力、マナを取り込むイメージを浮かべる。

すると、魔力が腕から体内に流れ込んできた。

それと同時に、村の側にいた一同が驚きの声を上げる。

「いきなり壁が消えた!!」

「あいつがぶっ倒れてるぞ！」

「死んだのか！」

青年団の男たちがあまりに勝手なことを言うので、俺はご期待に応えていたずらをすることにする。

「ウボー」

とか言いながら起き上がって、目から威力を弱めたエナジーボルトを出す。

すると青年団は、

「ほぎゃああああ!?」

「目が光ったあああああ!?」

「お化けえええええ!!」

などと叫びながら、逃げ出したり腰を抜かしたり。

わはは、驚いている！

俺は余りに楽しかったので、ふひゃひゃひゃと笑ってしまった。

「無事なようだな。なるほど、これが光魔法の幻覚《イリュージョン》か」

横を真顔のレヴィア姫がスッと通過していった。

マッチョはレヴィアが平然としているので、ちょっとビビッている風ではあったが、我慢して踏みとどまったようだ。

「あ、悪趣味な真似はやめろッス!!」

怒られた。

俺は鼻をほじる。

「ウェスカーさん！　みんなが怖がるから、変なことやめてください！」

メリッサに怒られた。

「は、ごめんなさい」

俺は素直に謝った。

しかし、幻覚《イリュージョン》とやらいう魔法か。

今度試してみようじゃないか。

一同揃って、この抜け穴から村の外へと向かいつつ、俺は色々と企みごとをするのであった。

まもの使いメリッサ？

そして呆気なく村の外に出てきた。

「ここは……地下の畑と繋がってるッス」

青年団代表が唸る。

俺たちの前に、大きな穴が空いているではないか。

それがずーっと地下深くまで通じている。赤猫が空けたらしき穴と同じくらいのサイズだな。

「穴掘っただけで繋がっちゃうなら、やっぱりこのつる草では防げてなかったんじゃない？」

「うっ」

俺の指摘に、代表が顔をしかめた。

「うむ。役人の一人が魔将の手下だった以上、この村が生き残っている理由は、フォッグチルが意図的に見逃していたからとしか考えられない。恐らく理由は……もっと、人間たちに絶望を味わわせるために違いない……！　このまま魔将の目を逃れて生き延びることができると、希望を抱いた民たちを突如内側から襲う魔王軍！　溢れ出る絶望……!!　くっ、なんと残忍な……！　これほど悪逆無道な魔将とやら、実に倒し甲斐がある……!!」

「……ウェスカーさん、お姫様ってずーっとああなんですか?」

メリッサが俺にこそこそ話をしてくる。

この娘、俺と精神年齢が近いとでも思っているのか、やたらとフレンドリーだな。

「そうだぞ。姫様は女らしいこととかしないで、常にああやって魔王軍を倒すことだけにまい進してる女子なんだぞ」

「ええーっ、あんなにきれいなのに、可哀想」

「わっ、私は可哀想じゃないぞ!!」

レヴィアの耳に届いたようだ。

彼女は肩を怒らせて抗議してくる。

そんな俺たちの後ろでは、青年団の人々が穴を前に、何やら思案している。

「これは……潜ってみるしかあるまいなあ」

「下がいつもの畑なら安全だろ。まさか魔物が入り込んでいるはずがない」

それは危険な発想だぞ。現に赤猫は入り込んでいたしな。

彼らは、下が安全な村の範疇だから、当然安全であるという考えをしている。俺とレヴィアが行った指摘を、意図的に考えないようにしているのだ。

「あぶないぞー」

俺は珍しく親切心を働かせ注意した。

だが、彼らはふんっと鼻で笑う。

「腰でも抜けたか！」

「目から光を出す化け物は安全な村でも怖いと見える」

「あー、ウェスカーさんがずっといたずらしてたから、すっかり嫌われちゃった」

メリッサが、やれやれ、という感じで俺のわき腹をぽふぽふ叩く。

「そこは割と慣れてる」

なので、ダメージはない。

むしろ、なんだか青年団の連中が、良からぬ状況に突き進んでいるような気がしてならない。

今も、穴を広げて自ら下りていこうとしている連中は、この先に危険が待っているかもしれないなどと、欠片《かけら》も想像していないようだ。

「見てろメリッサ。あれは絶対、何か絶叫とか上がって、誰かが犠牲になるやつだ」

「縁起でもないこと言わないでウェスカーさん！」

俺の言いように、メリッサが頰を膨らませて怒る。

俺がそのほっぺたをつつくとさらに怒った。

「なんだ。彼らは下に行ってしまうのか？　案内はどうする」

不満げなのはレヴィア姫である。

彼女としては、一刻も早く魔王軍と戦いたいのだ。

姫騎士のハートは、既に魔将の城にてフォッグチルと斬り結んでいるに違いない。

「ちょっと待って欲しいッス。自分ら、青年団ッスから。村の安全を守る役目があるッスから」

青年団代表が、今にも飛び出しそうなレヴィアをなんとかなだめている。

さて、青年団の人々が下に潜って、少しばかり時間が経ったぞ。

突然、凄い悲鳴が上がった。

まるで何かとんでもないものに出くわしたような、そんな声だ。

「な、何ッスか!?」

代表が仰天し、穴に飛び込んだ。

そして彼はマッチョだったので、上半身がつっかえた。

じたばたじたばた動く。

みっしりと穴にはまっているので、びくともしない。

「た、助けて欲しいッス！」

「そう言われてもな、俺は非力なので！」

「ウェスカーさん、そんなこと言わずに！」

メリッサに懇願されたので、仕方ないな、やるかという気持ちになった。

マッチョの手を握って引っ張る。

びくともしない。

「ふむ、あんたはスーパーへビー級だが、俺はどうやらスーパーべビー級のようだ！　残念」

「諦めないで欲しいッス!!」

「待て待て。力だけが全てじゃない。ちょっとじっとしてろよ。地面隆起《ライズアップ》」

俺が魔法の名を呼ぶと、マッチョがはまり込んでいた辺りの地面が盛り上がってきた。

これで、徐々に青年団代表を押し上げようという寸法なのだが。

「!?　い、い、痛いッス!!　尻を噛まれた！　尻を魔物に噛まれたッスー!!」

代表が騒ぎ出した。

「なに、魔物か!?　いや、しかしおかしいな」

一瞬、瞳に喜色を浮かべたレヴィア。すぐに戸惑いながら首を傾げた。

何を疑問に思ってるんだか。

俺はとりあえず、着実に地面隆起の魔法を行使する。

もこもこっと土が盛り上がっていき、とうとう代表がすっぽんっと地面から抜けた。

マッチョが放物線状に吹き飛んでいくのだが、その尻に何かくっついているではないか。

「ありゃなんだ？」

「あっ、昨日の猫!?」

メリッサが目を丸くする。

落っこちてきたマッチョの尻には、赤い体毛の動物が齧《かじ》りついていたのだ。

メリッサが駆け寄っていく。

「だめよ！　そんなもの噛んだらお腹壊しちゃうわ！」

「確かに」

俺はメリッサの言葉に納得。

男の尻はいかんよな。

赤猫は、メリッサに後ろから抱きかかえられると、カパッと口を開いて代表の尻を解放した。

「ファン」

おかしな鳴き声を放つ。やはりこの声、昨日地下の畑で聞いた声だ。

そいつは赤くてらてらと輝く体毛をしており、その中に金色の筋が走っている。

目玉の色はオレンジ色で、あろうことか、尻尾が何本もある。尻尾の先端には毛がなく、一見してそこだけ金属質の光を放っていた。

「猫じゃないなあ。なんだこれ」

俺は手を差し出して、「お手」とやってみた。

すると、猫（?）は肉球のついた腕を振り上げ、凄まじい勢いで俺の手のひらに叩き込むではないか。

「ふおーっ」

俺の体が、腕を支点にして一回転した。

そのままぶっ倒れてしまう。

「凄い力なんだが。ちょっと待って。それ絶対猫じゃないから。姫様、ほら、魔物魔物」

赤い猫は大人しく、メリッサの腕の中に収まっている。くりくりした瞳で、自分を抱きかかえている少女を見上げていた。

「だめよウェスカーさん！　この子、こんなに大人しいのに」

「大人しいかー」

俺が立ち上がり、再び近寄ると、フーッと毛を逆立てて怒ってきた。

全然大人しくない。

「姫様、魔物魔物」

「うーん」

煮え切らない態度のレヴィア姫である。

「ただの動物でないことは分かる。だが、ほら。この魔物からは、魔王軍の臭いがしない。これでは私はやる気になれない」

臭い!?

何を言っているのだろうこのゴリラ姫は。

まさか、敵と味方を臭いで判別していたということはないだろうか。

ありえる。

結局、メリッサはこの魔物を抱っこしたまま降ろさないし、レヴィア姫はやる気がない。

ということで、このよく分からないものに対する態度は保留ということになった。

だが、村の畑に通じている穴の底では、青年団の一行が痺れた状態のまま転がっているところが発見された。

この赤い猫が何らかの手段で、彼らを痺れさせたらしい。こいつは間違いなく魔物だろう。

「魔物だと思うんだけどなあ。メリッサは危ないからそれをポイすべき」

「ボンゴレちゃんです！　今名前をつけました。私が世話するから飼います！」

いつの間に名前まで。

俺がレヴィアをちらっと見ると、彼女は別に構わないという風である。

「魔物なのだろう？　ならば戦力になるはず。魔王軍に与《くみ》していない魔物を味方につけられれば、今後の戦いも有利に運べるだろう」

「姫様、本当に魔王軍と戦うことしか考えてないなあ」

俺はレヴィアの一貫性にちょっと感動した。

そして、ボンゴレに尻を噛まれたマッチョはというと、しばらく尻をさすっていたのだが、少女と猫と姫騎士の前で大の男がへたり込んでいるのはかっこ悪いと思ったのだろう。

ちょっと勢いをつけて立ち上がった。

「みんなは悲しい犠牲だったッス」

「犠牲になっちゃったよ」

「一人残った自分は、必ずやレヴィア姫様をフォッグチルの城まで送り届けるッス！」

俺のツッコミにも動じない。

男というのは、女の前では格好をつけるもののようだ。

「ところでレヴィア姫様。あの、メリッサがどうしてここまで……」

「うん？　彼女は魔物の子どもを手懐けた、立派な戦力だ。頼りにしているぞ」

「へっ!?　ひゃ、ひゃい！」

メリッサはいきなり戦力扱いされて、目を白黒させている。

多分何も考えないで後をついてきたのだろう。

ボンゴレはメリッサの腕の中で、「ファン」と鳴いた。

こいつ、本当に何者なんだろうな。

さて、道なき道を、マッチョに案内されて進む俺たち。

この中で、唯一普通の娘であるメリッサには、体力的にきついのではないかと思われたが、そこはボンゴレが前に立ち、上手い具合に通りやすい道に誘導している。

よく分からないが、ボンゴレは完全にメリッサに懐いたようだ。

「あの娘には、魔王に従わぬ魔物の心を開く力があるのかもしれないな。そんな、魔物使いと呼ばれる人間の物語を読んだことがある。その中には、道を切り開く者、戦王。神々の権能を使いこなす、神懸《かみがか》り。海という無限に広がる湖を支配する、海王。そして……あらゆる魔法を従える究極の魔導師、大魔導……そのような、英雄と呼ばれる者たちが描かれていた」

レヴィアの瞳が俺を捉える。

「魔王が出てきたのだ。伝説の存在が次々に現れても、不思議ではないな」

そう語る彼女は、割と、ちゃんと女性らしく見えたのだった。

「そろそろ、霧が出てくるッス……！　何もないところから、ブワァッと出るッスよ……！」

代表は明らかに内心怯えているような声だが、女たちの手前、虚勢を張って引かない。

まあ仕方ない。

ここは俺も前に出るとしよう。

「よし、どんどん行こう、どんどんな」

俺は代表の横に並ぶと、のしのしと歩き出した。

たちまち、マッチョを追い越す。

「お、おいあんた！　命が惜しくないッスか!?」

「ビビってたって仕方ないだろ？　魔王軍をどうにかしないと、村では甘いお菓子も食えんのだ。そんな生きてる意味がないだろ。それに、まあ俺がその大魔導様なら、これくらいの状況は切り抜けられるさ」

俺が鼻歌交じりに、次なる一歩を踏み出した瞬間だ。
周りがブワーッと、一挙に霧に包まれた。
「来た!!」
マッチョが震え上がる。
ボンゴレは、フーッと唸りながら毛を逆立てた。
メリッサがこの赤猫に追いつき、抱き上げる。
レヴィアは不敵に笑いながら、剣を抜いた。
俺はぼーっと突っ立っていた。
目の前に、忽然と城が現れる。
霧の中にある、白い色をした、異形の城。
捻くれた城。
そいつが、魔将、闇道のフォッグチルの居城なのだ。

第五章　突撃、魔将のお城

IKINARI
DAI-
MADOU

フォッグチル城門前～さらば愛しき青年団代表

突如発生した霧は、何やら肌にべったりと纏わりつく。

「これは不快だな」

レヴィアが顔をしかめて言うので、俺はなるほど、と手を打った。

「じゃあ霧を晴らしましょうか。超至近炎の玉《クロースレンジファイアボール》」

服が焼けないように、腕まくりをした後、腕を思い切り遠くに伸ばしての魔法である。

前方に青年団代表がいる気がするが、俺はそんな些細なことにはこだわらない大らかな男だ。

かくして魔法は発動し、爆風が霧を吹き散らす。

「ウグワーッ!!」

青年団代表もぶっ飛ばす。

「きゃーっ」

悲鳴を上げたのはメリッサだ。

この娘は、抱っこしているボンゴレに向かって指示を下す。

「あの人を助けて！」

「ファン」

さすがにそれはサイズ的に無理だろう、と俺は思ったのだが、メリッサから指示を受けたボンゴレは、地面に降りたつや否や、そのサイズをいきなり大きく膨れ上がらせた。

俺よりもでかくなったのだ。

そして、突如猛烈な速度で走り出した。

落下していく青年団代表に追いつくと、それを背中で受け止め……あっ、立ち上がって、前足で？　こっちに打ち返してきた？

「ウグワーッ」

青年団代表が戻ってくる。

これを、待ち構えていたレヴィアががっしりと受け止め……からのサイドスープレックス！

「せえええいっ!!」

「ウグワーッ」

マッチョは頭から地面にめり込んでしまった。

戦闘不能である。

「これはひどい」

「ひどいねえ」

「うむ、ひどい有様だ」

俺、メリッサ、レヴィアが口々に言い、そのまま三人でフォッグチル城へ向かうことにした。

物事には犠牲がつきものである。

メリッサは目が泳いでいるので、自分に責任はないと言い聞かせているに違いない。

レヴィア姫は素だろう。あの人、飛んでくるものならなんでも打ち返したり投げたりするしな。

俺？

俺は当然無実だ。

瑣末《さまつ》な話は置いておいて、散らした霧は戻ってくる気配がない。

というか、炎で焼いた箇所だけ霧が消失したようだ。こいつら、霧に見えて魔物か何かなんじゃないか？

「姫様、メリッサ、ちょっと真ん中に集まって」

「どうした？」

「なあに」

集まったところで、俺は左右の霧に向かってそれぞれ腕を突き出し、

「連続炎の玉《ダブルファイアボール》」

魔法を使った。当然、次々と爆発が起こる。

メリッサが「きゃあー」と叫びながら耳を押さえてしゃがみこんだ。

ボンゴレも真似をして、同じ格好で小さくなる。

レヴィアだけは、油断していない仕草で周囲に睨みを利かせている。次の瞬間だ。

「ウェスカー、この霧が魔物によるものだと判断したのだろう？　大当たりだ！　そおいっ!!」

レヴィア姫はそう言いながら、腰から抜いた剣を投げる！

彼女の辞書に、剣を振るという選択肢はあまりないのか。いや、出会ったばかりの頃はまだ剣を使っていたような。

そんなレヴィアが投擲した剣は、霧の中を突き進むと、何者かに突き刺さった。

「ギャエーッ」

叫びが響いた。

それと同時に、霧が一気に薄くなってくる。

すっかり霧が晴れてしまうと、その先に隠されていたフォッグチル城が明らかになった。

そして、城の門にあたる部分で、何か大きなものがぐったりと伸びている。

「……貝？」

湖でしか獲れない珍味である、二枚貝のとんでもなく大きな奴が、肉の辺りを剣で貫かれて絶命していたのだ。

この貝が、霧を発生させていたというのだろうか。

貝殻の間から、だらりと肉厚な肉が伸びて、ぴくぴくと痙攣している。

これはなんとも……。

「美味しそうだなあ。姫様、ここらで腹ごしらえにしませんか」

「いいね、そうしようか」

城門前で昼食ということになった。

肉厚な貝肉を、レヴィア姫が手際よく切り分けていく。

……この人王女様だよな？

なんで肉を切り分ける作業がとても巧みなのだろう。噂だと、お姫様ってのは上げ膳据え膳で、自分じゃ何もしないって話だったが、この人は割と何でも一人でやる。

それから、切り分けるのに剣を使っている。

「さあ、食べるとしよう」

むしゃむしゃと、魔物であった二枚貝の肉を焼いて食べる。

大変ジューシーである。

火元は俺の炎の玉で、火力を微調整して焼いた。

これに、メリッサが持っている塩の類をかけて食う。

美味しい。

「うまいうまい」

俺が両手と口をべたべたにして食べていると、すぐ横でボンゴレも同じようにして食っている。

レヴィアは土が不自然に盛り上がったところに腰掛け、肉を千切りながら口に運んでいた。

素手で食べる様子もさまになっている。

……あれ？　この土が盛り上がっているのは。

「姫様、ここ、俺たちが降りてきたところじゃないですか？」

「おや？」

レヴィアが立ち上がり、尻の下にあった盛り上がりを確認した。

確かに、俺が地面隆起で掘り起こした辺りだ。

そこに向かって、ボンゴレがもこもこのお尻を振り振り、貝肉を咥えて運んでいくではないか。

何をするつもりであろうか。

俺はふと立ち上がり、ボンゴレの後ろから忍び寄ってわき腹をつついた。

無防備な子猫の後ろ姿というのは、ついつい触ってしまいたくなるものである。

「フギャーッ!!」

ボンゴレがびっくりして毛を逆立て、しかも巨大化して振り返って俺に向かって襲い掛かってきた。

「ハハハハハ！　やはり魔物、本性は隠せないな！　さあ来い！　互いの貝肉をかけて勝負だ！」

「あー！　またウェスカーさんが変なことしてる!!」

まだ付き合いが短いはずのメリッサが、「また」呼ばわりである。

しかし、ボンゴレはどういう種類の魔物なんだろうな。

奴の肉球攻撃を泥球で受け止めながら、俺は考えた。

赤い猫。

赤猫の魔物だろうか。

よく分からん。

戻ったらゼロイド師に聞いてみようっと。

だが、この俺らしくもなく思考してしまったのが命取りだったようだ。

「ファン！」

「ウグワーッ」

俺は肉球パンチにぺちられ、隆起した土に向かって吹っ飛んだ。

その前にレヴィアが立っている。

おっ、これはいかんぞ。

案の定、レヴィア姫は俺に向かって身構えると、

「せえええりゃあああ!!」

そのまま捻りを加えたフロントスープレックスの勢いで、俺を土の塊に叩き付ける。

「グエー」

あわや俺も一巻の終わりかと思われたその時だ。

案外脆かった土の隆起が崩れ、俺はその下にある空間に落下していた。
べちょっ、と落ちる俺。
絹の服が泥だらけである。
もう、最近泥と接しすぎて、泥に塗れていると安心感すら覚える。
さて、ダメージもなく起き上がる俺。
キョロキョロと辺りを見回すと、そこには赤いキラキラしたものが散らばっている。
「なんだこりゃ」
近づいてつついてみると、それは赤い結晶であった。
この色合い、なんとなくボンゴレのものに似ている。
もしかしてあの猫、俺が使った地面隆起で目覚めた魔物だったりするんだろうか。
魔王の配下ではないらしいことといい、色々謎は深まるばかりだ。
だが謎とかは、後々全部ゼロイド師に丸投げしよう。難しいことを考えるのはやめだ。
俺はこの空間をのしのし歩くと、ボンゴレがいる辺りの真下に向かって魔法を放った。
「地面陥没《ケイブフォール》！」
「ニャーーッ!?」
ぼこっと天井の土が崩れて、ボンゴレが落下してきた。
念のために広い範囲に魔法をかけたから、レヴィアとメリッサも落ちてきたぞ。

メリッサはお尻を打ったらしく、涙目になりながらお尻を押さえて、

「んもう！　ウェスカーさん!!」

怒られた。

レヴィア姫は当たり前のような顔をして、普通に着地している。それどころか、既に周囲を見回して、穴の中を観察しているではないか。

「ちょうどいい。地上から行ったのでは、わざわざ迎え撃ってくれと魔王軍に言うようなものだからな。地下から奇襲をかけるとしよう」

思考全てが魔王軍絶対殺すルーチンになる姫騎士！

「ウェスカー、何か横に土を掘れる魔法はない？」

「炎の玉とか？」

「埋まってしまうだろう。もっと、一直線に魔王軍の足下を掘り返して、あわよくば地下に打撃を与えられるような魔法だ」

オーダーを受けて、俺はちょっと考える。

さっき使った地面陥没は、言うなれば地面隆起を逆にした応用の魔法だ。

これを何かと組み合わせるとどうだろう。

俺は、フォッグチル城があるであろう方向に向かって、手のひらをかざした。

この魔法は横向きだから、落とし穴というよりは掘り進むわけで。

「大地掘削《アースディグ》……」

　何度か、角度や威力を調整しながら、掘削魔法を使う。だが、これが大変頭を使うので面倒くさい。とうとう俺は考えるのが面倒になった。そこで。

「炎の玉《ファイアボール》！」

　次の瞬間、土の側面がぼこっと抉られ、その先で大爆発が起こった。

　メリッサは一瞬呆然とそれを見ていたが、すぐに振り返ってぴょんぴょん飛び跳ねながら猛抗議してくる。

「ウェスカーさんのばかあああ!?　姫様がダメだって言ったじゃないですかあああ!?」

「大丈夫、爆発した分凄く掘れてるから！　ほら、崩れないうちに掘った方向にダッシュ！」

　俺はメリッサの背中を押しながら走り出した。

　横をボンゴレが行く。

　ちなみに先頭はレヴィア姫である。先に何があるかも分からないのに、このお姫様は躊躇という言葉を知らない。

　彼女はそのまま駆け抜けると、その先に開いていたらしい空間に飛び込む。

　そして、何かを殴り飛ばしたようだ。

「グヘエ！」

　魔物が殴り倒された声がする。

いきなりおっぱじめたぞ、あの姫騎士。

これはもう、一緒になって暴れるしかねえ。

「ヒャッハー！　新鮮な魔物の巣窟だぁーっ！」

俺はテンションを上げると、むやみにエナジーボルトを乱射しながら戦場へと飛び込むのであった。

ぶち抜け、地下から第七階層

地下から城に入ると、そこは一面が戦場であった。

戦場を作っているのはうちのレヴィア姫一人しかいないのだが、地下へと集まってきた魔物が、次々にこの姫様へと襲いかかってくるのである。

レヴィアは既に、あのパワーアップする魔法を使っているらしくて、そんな魔物を千切っては投げ、千切っては投げ。

だが、いかにも効率が悪いな。

「姫様、戻って戻って」

俺はレヴィアに声をかけながら、手のひらを広げて身構えた。

俺の意図を察したというか、もういい加減慣れてきたのか、手近なでかいのをとっ捕まえて壁にしながら、レヴィア姫が戻ってくる。

彼女の頭越しに、俺は指先全部に意識を集中する。

こいつらは骸骨や亡霊ではないから、エナジーボルトの効きもそこそこだ。

集中してぶっ放せば、ヒェピタみたいにやっつけられるかもしれないが、それこそ押し寄せる波のような魔物たちに対しては効果が薄いな。

ってことで、アイディアだ。

全部の指先に炎の玉《ファイアボール》を作ったらどうだろう。

即断即実行。

「フ・ァ・イ・ア・ボ・ー・ル・お・ま・け!!」

すべての指の先端に、小さな炎の玉が生まれる。

こいつに魔力を注ぎ込んで、もりもりと大きくして……。

ギリギリまで引き付けた魔物の群れに向かって、これをエナジーボルトで押し出す!

ここで気付いたのだが、どうやら俺のエナジーボルトは右曲がりに癖がついているらしい。

お陰で押し出した魔法は右向きに回転しながら敵に向かって突っ込んでいく。

「なっ、なんだこれはーっ!?」

「人間が炎のブレスを!?」

「退け、退けーっ!?」

魔物から口々に声が上がるが、魔物は急に止まれない。

先頭から順番に、俺の連続ファイアボールが炸裂していく。

あちこちで魔物がぶっ飛び、壁が砕け床が抜け落ち、天井が崩れてくる。

名付けて、テン・フィンガー・ファイアボール。

「天井危ない！　ボンゴレ、なんとかできる？」

「ファン！」

メリッサの指示を受けて、ボンゴレが前に出た。

そしてまた巨大化し、その毛を硬質化させていく。

巨大化し終えたボンゴレは、まるで真っ赤な鎧に身を包んだ巨大猫だ。

それが、崩れてくる天井を一身に受け止めて、弾き返し始める。

うおー、便利じゃないか。

「ふっ、やるな……」

「ファン……」

俺とボンゴレの間に、なんか戦友っぽい絆めいた何かが芽生えかけた。

よーし、ボンゴレがいるなら調子に乗って、俺はもう一発今のをやっちゃうぞー。

「行くぞー！　テン・フィンガー・ファイアボール！」

要領を掴んだので、幾らでも連打できるぞ。

俺はボンゴレと並びながら、哄笑《こうしょう》と共に魔法をぶっ放しまくった。

「いいぞいいぞ」

後ろでレヴィアが満足そうに頷いている。

周囲は爆発やら崩落やら、魔物たちの悲鳴やらで大変な有様だ。

常識人のメリッサは、おろおろと俺たちを見回している。

大丈夫だ。多分。

「来るぞ！　天井が丸ごと抜ける！」

レヴィアが叫んだ。

それと同時に、一階の床であったはずの天井が抜け落ち、轟音と共に崩れ落ちてくる。

「ぬわーっ!!」

叫びながら落下してきた真っ黒な巨人、あれ一階を守っていたボスだろうか。

なんか抜けた床の下に転げ落ちていったからよく分からん。

「ウェスカー、もっとだ。もっと撃て！」

「アイアイ！　テン・フィンガー・ファイアボール！　これはおまけだ！」

靴を脱ぎ捨てて足の指からもぶっ放す。

こうなると立っていられないので、メリッサにお願いしてボンゴレの尻尾を使った。

触手みたいになったボンゴレ尻尾は、俺を抱え上げて持ち上げてしまう。

俺はさながら、浮遊しながら魔法をぶっ放す弩みたいになった。

「テン・フィンガー以下略！」

俺が連続して魔法を放っていると、今度は新たな天井が落下してきた。

「ぬわーっ!!」

叫びながら落下してきた黒いマントを着た怪人、あれは二階を守っていたボスだろうか。なんか抜けた床の下に転げ落ちていったからよく分からん。

「ここから上はさすがに届かないようだな。ウェスカー、同時に魔法を使えるか？」

「同時に魔法？　そういえば昨日それっぽいことした記憶がありますな。やりましょう」

メリッサが、そんな無茶な！　という顔をしたが、俺としてはレヴィア姫のこの提案、なるほどなんである。

何しろ、ユーティリット王国で戦った女魔導師は、翼を骸骨の頭に変えていっぺんに詠唱をしていたのだ。

頭がたくさんで一つの魔法詠唱をすれば、発動は早くなる。では、たくさんの頭で別の魔法を詠唱すればどうなるか？　恐らく同時に魔法が発動するだろう。

なら、頭が一つしかない俺はどうすればいいか。

詠唱がない分、早口でいっぺんにたくさんの魔法を唱えればいいのではないか……？

「これだ……！　姫様、俺に任せてください」

「よし！」

「そんな非常識なあ」

対象的な二人の反応を横に、俺はポッカリと口を開けた、底抜けの床へと踏み出した。

「地面隆起《ライズアップ》！　横からね！　そして地面隆起の上に地面隆起と地面隆起と地面隆起！　上に向かってテン・フィンガー・ファイアボール！」

城の壁を破って、盛り上がった地面が生えてくる。

俺はこれをどんどんと連続させながら上に登っていき、頭上に向かって炎の玉を連打するのだ。

いやあ、元素魔法って外の魔力を使うから、幾らでも使えていいなあ！

「よし、ウェスカーに続け！　メリッサ、私の背に掴まれ！」

「は、はいぃ！　ボンゴレ、行ってウェスカーさんを守ってあげて！」

「ファン！」

ボンゴレが俺を尻尾で支えながら駆け上がってくる。

そして、俺が今ぶちぬいた三階の崩落から守ってくれるのだ。

「ありがてえありがてえ」

「ファン」

また俺とボンゴレが目と目で通じ合った。

これはもうマブダチだな。

「ぬわーっ!?　なんだこれはーっ!?」

また一人でかいのが落下していった。

この城、一階ごとに番人を設けてるんだな。実に用心深い。

で、四階もぶち抜き。

今度は空を飛べる番人だったので、

「どらぁっ!!」

メリッサを背負ったまま跳躍したレヴィア姫が、空飛ぶ番人の頭に飛び蹴りをぶちかました。

「ぬわーっ!?」

バランスを崩してきりもみ落下する番人。それを踏み台にして、地面隆起で作った上り坂へ復帰してくるレヴィア。

「ふん、飛べる魔物がいると思っていたら案の定だ」

「姫様ぁ！　わ、私を背負ったまま攻撃しないでくださいぃぃ！」

「済まないな、ついうっかり体が動いてしまった」

レヴィア姫にとっては、メリッサ一人くらい大した重さじゃないのだろう。

かくして、階層の掘削作業は進む。

城の中身は、床を抜いてしまえば塔のような構造になっており、俺の地面隆起は、塔の壁面にそってぐるぐると回り、まるで螺旋階段のような形になってきている。

第五階層ともなると、慣れたものである。

「テン・フィンガー・ファイアボ」

「させるかぁ!!」

いきなり第五階層の番人が飛び出してきた！

奴は地面隆起の上に着地すると、その牛のような頭からフンヌ、と凄い鼻息を吹いた。

体はマッチョな人間、頭は黒牛という姿だ。

なんだこりゃあ！

「ミノタウロスという魔物がいると本で読んだ！　こやつはそれだろう！　よし、私に任せよ！」

「姫様！　私は下ろしていってくださーい！」

メリッサに言われて気付いたようで、レヴィアはそそくさと彼女を下ろしてからミノタウロスと向かい合った。

「さあ勝負だ！」

「ちっぽけな人間風情がこの俺を相手に……うっ、あ、足場が小さい！」

「せえい!!」

巨体を地面隆起で作った螺旋階段に乗せたものだから、ミノタウロスは足の踏み場が少なくて戸惑っている。

この隙を見逃すレヴィア姫ではない。

例によって剣を佩いたまま、ミノタウロスの足下目掛けて飛びかかると、正確無比な前蹴りで魔物の膝を蹴り砕いた。

「ぐうわーっ!?　な、なんて馬鹿力!!　ふ、踏ん張れぬ！　落ちるぅ」

牛頭の巨体は、そう叫ぶと底の抜けた床目掛けて落下していった。

「体格で劣るなら知恵で挑めばいいのだ」

得意げにレヴィアは言いながら、不敵に笑む。

だけど今の攻撃は完璧なほどに力押しだった気がする。

「よし、次行ってみよう！」

同じ流れで第六階層の床をぶち抜き、壁にしがみついていた番人をレヴィアが蹴り落とし、そしていよいよ、多分最上階の第七階層だ。

この床も、俺は例によってぶち抜いた。

魔将何するものぞ！

床に落ちて滅びるがいい。

だが。

さすがに魔将は格が違った。

「飛べるのだよ」

そいつはふわふわと浮きながらそう言った。

ならば、とレヴィアがいつもどおりの飛び蹴りをしようとすると、奴は指をパチリと鳴らす。

すると、突然城の中に霧が立ち込めた。

「フォッグチルの名に於いて命じる。霧よ、意のままの形へと変われ。氷の床」

霧は集合し、固まっていくと、奴が行った詠唱の通り、氷の床に変わってしまった。

「私のところまで、まさかこんな頭の悪い手段で向かってくるとは思わなかった。だが頭が悪すぎて想定すらしていなかった手段だ。結果論的に見事というほかない」

そいつはパチパチと拍手した。

「あんたがフォッグチル？」

「その通り。諸君をこの闇の世界へと招き入れた、魔将、闇道のフォッグチル。それが私だ」

そいつの姿は、闇に浮かぶ真っ黒なローブだった。

ローブの中身は白い霧に満たされていて、光り輝く目だけが見える。

袖から突き出した青白い腕が印象的だった。

「我ら魔将はあまり仲が良くはなくてな。事情は分からないが、シュテルンに一泡吹かせたという人間の戦士と魔法使い。あと……そこの子供。私が手ずから葬り、後でシュテルンを煽ってやるとしよう」

あっ、こいつ性格悪い奴だ。

闇道のフォッグチル

「どれ、ではお前たちの力とやらを見せてみよ……！」

フォッグチルが大きく腕を広げた。

俺は奴の足下にいきなり炎の玉を投げた。

「そいっ」

「あっ」

フォッグチルがびっくりしてちょっと飛び退いた。

奴の足下の氷が溶け、穴が空いている。

だが、不思議なことに炎の玉は爆裂しなかった。

「いきなり詠唱もなしに攻撃とは、びっくりするではないか」

フォッグチルがまた元の口調に戻っている。

怒った様子はないので、こいつはなかなか心が広い。

レヴィア姫はといえば、氷の床と化した足下の具合を確認している。

滑ってしまっては、とても戦闘にならないからだろう。

だが、ここに救世主が現れた。

「ファン」

いつもの可愛い鳴き声と共に、巨大化したボンゴレが爪を立て、しっかりと氷の床に立っているではないか。

なるほど、天然のスパイク。

これを見て、レヴィアは躊躇なくこの赤猫の背中に飛び乗った。

フォッグチルはボンゴレを見ると、霧の中に浮かんだ光みたいな目を大きくする。

「なんと……アーマーレオパルドがまだ生きていたとは……！　いや、ここで消してしまえば、魔王オルゴンゾーラ様に報告する必要はなくなるだろう」

オルゴンゾーラ！

それが魔王の名前のようだ。

「魔王の名まで知ることができるとはな。この世界に来て本当に良かった……！」

しみじみとレヴィアが呟いた。

何だか、万感の思いが込められているように思う。

フォッグチルはそんな姫騎士を見て、首を傾げた。多分理解できなかったのだろう。

「……なんで嬉しそうなの……。まあいい。お前たちはもはや、元の世界に戻ることはできぬわ。

この私が分割し、支配した闇の王国の土に還るがよい！」

フォッグチルが襲いかかってきた！

何か凄く重要っぽい情報を吐いたぞ。

こいつ、ポロッポロ重要な話をお漏らしするな。

「フォッグチルの名に於いて命ずる！　霧よ刃となれ」

青白い手を高く掲げる魔将。

その手の間から霧が生まれ、それらは凝結して透き通った刃物になる。

これが俺たち目掛けて、ガンガン降ってくるのだ。

「ひ、ひぃえええ」

ついさっきまで普通の村娘だったメリッサが悲鳴を上げる。

俺は彼女をひょいっと抱えつつ、

「泥玉泥玉泥玉!!」

泥の壁を作る。そして泥の中に腕を突っ込みながら、魔法をさらに使用。

「炎の玉《ファイアボール》!!」

爆発が起こった。

超至近距離での炎の玉だから、いつもの俺の服を焼いてしまう魔法と同種である。

だが、今回は泥玉という壁を設けてある。

メリッサを抱っこしているので、一緒にすっぽんぽんになるわけにはいかないからな！

泥玉の壁の向こうで、霧の刃と炎の玉が激突する。

俺はこいつを連打して、フォッグチルの攻撃を凌ぐ形だ。

俺とフォッグチルの魔法の打ち合いを、回避して大回りしつつ、ボンゴレが駆ける。

その上には、腕組みをしたレヴィア姫。

赤猫に乗るのは初めてだろうに、なんで鞍もないのにそんなに安定して乗っていられるんだあの人は。

「この世界には名残惜しいが、魔将は倒さねばならない……！　行け、ボンゴレ!!」

レヴィアの咆哮と共に、ボンゴレが加速した。

なんか一緒に、猛獣らしい咆哮を上げる。

姫騎士はその上から、一気に跳躍した。

「告げる！　滾《たぎ》れ血潮！　奮えよ筋肉！　風っぽい大気の奔流を纏いて今必殺の！　斜め落下攻撃《ダイナミック・ナイト・キック》!!」

跳び上がるや否や、どこからか吹き付けてきた風を全身に纏い、レヴィアが空中で軌道を変える。

そしてどんどんと加速しながらフォッグチルに突っ込んでいく。

「何っ!?　剣を抜かないだと!?」

フォッグチルがまた驚いた。

こいつは律儀な奴なのではないだろうか。

魔将はレヴィアを迎え撃つべく、片腕をそちらに向ける。

放たれるのは、霧の刃だ。

「ええいっ、こなくそーっ!!」

襲いかかる刃の雨の中、レヴィアは男らしく真っ向から突っ込む。

鎧は破壊され、肌は切り裂かれるが、勢いは死なない。

「ちぃっ！」

舌打ちとともにフォッグチルが飛び退こうとした。

そこに襲いかかったのがボンゴレである。

鋭い爪と牙が、魔将の退路を断つ。

「むうう!!　アーマーレオパルドめ、どけえ!!」

振り回された魔将の腕が、硬化した体毛に弾き飛ばされる。

なるほどー、アーマーレオパルドねえ。

俺が感心している間に、レヴィアのキックがフォッグチルの腹をぶち抜いた！

……ように見えた。

だが、結果は違った。

「ぐわーっ！」

「ファーン！」

キックはボンゴレに命中し、レヴィアは狙いが逸れたために着地に失敗、そのまま氷の上を転がりながら滑っていった。

おや。

腹をすり抜けたな、今。

「ククククク、私にはそのような攻撃は効かないのだよ」

肩を震わせて、フォッグチルは笑う。

うーん。

「ボンゴレー！　あわわ、攻撃が効かないなんて、やっぱり魔将は恐ろしいよ！　どうしたら勝てるの!?　まるでお腹に何もないみたいに姫様がすり抜けちゃった」

「お腹に何もない……？　おっ、それだメリッサ。ナイスナイス」

俺はピンと来た。

ということで、俺はある魔法を唱えた。

次の瞬間である。

「おりゃー！」

フォッグチル目掛けて俺が走っていく。

「!?　魔導師が正面からだと？　何を考えている！　死ね！」

魔将は俺に向かって手を翳した。

そこから霧の刃が生み出され、俺目掛けて突き刺さってくる。

だが、である。

すかすかっと刃はすり抜け、俺の姿は消えた。

「幻像《イリュージョン》だと!?」

「そのとおりだ」

俺は作ってあった泥玉を投げた。

それが、ぺしょっとフォッグチルの頭に当たる。

「うわーっ、ぺっぺっ」

「頭には当たるのね!!」

メリッサがびっくりして叫んだ。

ぎょっとするフォッグチル。

「ボンゴレ！　頭狙い！」

「ファン！」

姫騎士のキックを食らって、さすがのアーマーレオパルドも無傷では済んでいない。

だが、ボンゴレは雄々しく立ち上がり、尻尾を構えた。

触手のように枝分かれした尻尾の先端が、青白く輝く。

そこから放たれたのは、魔法のような光線だ。

あの金属っぽくなっているところからはこんなものが出たのか！

そして、レヴィア姫も全身傷だらけに見えるのだが普通に起き上がる。

「でかしたぞウェスカー、メリッサ！　せえええい!!」

ボンゴレの光線に紛れながら、魔将に襲いかかる姫騎士！

「ええい！」

フォッグチルは焦りの色を見せて、空に舞い上がった。

最上階だけあって、このフロアの天井は高いのだ。

「空を飛ぶと、飛行と攻撃に魔力が割かれるからやりたくはないのだが仕方あるまい！　ここから放つ我が魔法にて少しずつ傷を与えて削り殺してやろう」

「なるほど」

またお漏らししたフォッグチルの解説を聞いて、俺は頷いた。

魔法で飛びながら、別の魔法で攻撃などするから魔力が割かれて威力が落ちるのである。

魔法で飛ぶと同時に自分ごと攻撃すればいいのだ。

「メリッサ、ちょっと離れていたまえ」

「え？　う、うん」

メリッサがちょっと離れたところで、俺は足下に泥玉を作成した。

そして躊躇なく、そこに炎の玉を叩き込む。

起こる爆発。

舞い上がる俺。

「なんとぉ!?」

フォッグチルは慌てて、また背後に霧を作り出した。

「**フォッグチルの名に於いて命ずる！　霧よ、壁となれ！**」

生まれたのは、フォッグチルを包む壁である。

だが、これも重さがあるようで、出来上がった瞬間に落下を始める。

フォッグチルはそれに合わせて、壁に包まれながら降下していくのだが。

「方向転換超至近炎の玉《クロースレンジファイアボール》！」

俺は自分の真横に発生させた爆発でぶっ飛ぶ。

「ぐわーっ」

うむ、やっぱりこの爆発には慣れないな。

俺は体ごと霧の壁に突っ込むと、ぶち当たると同時に、もう一発超至近炎の玉をぶちかました。

砕け散る壁。

ぶっ飛ぶ俺。

「な、な、なんという破壊力!!　お前、恐怖心がないのか!?　至近距離でこれだけの火力の魔法を！」

「いや、怖いけど仕方ないじゃないか。そうしないと飛べないだろ？」

何を言っているんだこいつは、と俺は魔将に向かって肩をすくめる。

俺の返答に対し、フォッグチルは一瞬絶句した。

そしてすぐに、

「お前の考えが分からん。お前は、私が知る人間の思考パターンから大きく逸脱している……！私が取得したデータが乱れる！　お前は危険だ！　私の精神衛生上危険だ！　故に……私の最大の魔法を以てお前を葬り去る!!　**フォッグチルの名に於いて命ずる！　全ての霧よ、刃となれ!!**」

宣言し、全身から霧を吹き出した。

体内に満たされていた霧も、外へ溢れ出す。

一瞬だけ、フォッグチルのローブの中にある本体が見えた。

それは、頭の部分に浮遊するクラゲのような魔物だった。

そして……フォッグチルの向こうで、剣を振り上げるレヴィア姫の姿。

あれは剣を投げつけるということである。

つまり必殺の一撃。

「魔将フォッグチル！　貴様の最期だ！」

「な、何っ!?」

魔将は慌てて振り返った。

だが……魔法は急には止まれない。

発動した霧は、刃に姿を変え、俺目掛けて放たれるところだった。

フォッグチルが持つ全ての霧を使ったようである。

壁を作る霧が残っていない。

それほどまでに、フォッグチルにとって、俺は許せない存在だったのだろう。

次の瞬間、投げつけられた剣がフォッグチルの頭に突き刺さり、クラゲのような本体を真っ二つに切り裂いた。

「グエ――――!!」

絶叫が響く。

俺は俺で必死で、飛んでくる霧の刃を炎の玉で迎撃していた。

もう、追いつかないよこれ！

しぬー！

というところで、赤い疾風が俺の間に飛び込んだ。

「アッー!!　あなたは、ボンゴレーッ」

「ファン！」

アーマーレオパルド・ボンゴレは、全身を覆う赤い毛を逆立て、硬化させた。

それが、降りかかる霧の刃を防いでいく。

だが、防御も完璧ではないらしい。

それなりに、刃が体に届いているようだ。

腐っても魔将の魔法だからな。

俺も支援をしよう。

確か、霧を使って氷を作るなら、足下の氷が元々は霧だから……。

「形状還元《フォームリダクション》」

俺の周囲の氷が、一部だけ霧の姿に戻る。

「形状変化氷の壁《フォームチェンジアイスウォール》！」

霧は俺の意思に従い、ボンゴレの前に回り込んだ。

そして即座に硬化して壁となる。

「ファン!?」

「うむ」

俺はボンゴレにぐっと親指を立ててみせた。

動物はいいな。

人間よりも分かりやすい。

世界のピース

「ウグワーッ！」

クラゲに似たフォッグチル本体は、叫び声を上げながら消滅していった。

「こ、これでは私がオルゴンゾーラ様からお預かりした世界のピースが人間の手に渡ってしまい、この闇に包んでいた世界が元の世界に復帰してしまううう！　申し訳ございませんオルゴンゾーラ様ぁぁぁ!!」

おおっ、最後まで盛大に敵の情報を漏らす奴だ！

こいつは生かしたまま情報を垂れ流させてやれば良かったんじゃないか、などと考える。

「やった……！　魔将の一人を打ち倒したぞ……!!」

そんな俺の目の前で、レヴィア姫はあちこちから血を吹きながらガッツポーズ。

そしてそのまま、ばたーんとぶっ倒れた。

あっ、さすがにダメージがでかすぎたか。

魔将の強さとは、まともにやりあえば幻獣ゴリラの力を持つ姫騎士でも、甚大な被害を被るものであるらしい。

今後、要対策であろう。

「姫様ー!?」

メリッサが慌ててレヴィアに駆け寄っている。

「大丈夫だメリッサ。意識はある。だけど血を流しすぎて動けない。肉とか食べたい」

メリッサに膝枕された姫騎士が、何か怪我人らしからぬ元気なことを呟く。

「しかし姫様、なんかフォッグチルはまたべらべらと話してましたね。そこにパサッとローブだけ落っこちてるんで、調べてみますわ」

「ああ、頼む」

俺はのこのことフォッグチルだったローブに歩み寄る。

そして、ふと自分の格好に気付く。

上半身裸である。

下半身は今回守り通した。

だが、絹の服は熱に弱かったようで、あちこち布地が縮んでぱつぱつになっている。

俺はローブを手にすると、スッとごく自然な動作で着込んだ。

おお、これならばズボンを脱いでも気付かれまい。

「な、なんで魔将のローブを着てるんですかウェスカーさん!?」

「あ、いや、今からズボン脱ぐから」

「どうして!?」

「ぴちぴちで痛いんだよね。大丈夫、脱いでもローブ着てれば風邪ひかないから」

「ひ、姫様、大変です！　ウェスカーさんに言葉が通じないです！」

「そうか？　ウェスカー、ズボンを脱ぎながらでいいからそこに何か落ちていないか調べてくれるか？」

「へい」

俺はズボンをびりびり破きながら脱ぎ捨てて、その場にしゃがみ込んだ。

おお、確かに何か落ちている。

ローブを取り去った跡には、何か球面と平面で構成された歪《いびつ》な青いものが。

青いものの丸みを帯びた側がどうやら表面に当たる部分らしい。そこには、ぐねぐねとうねった線で何かの形が描かれている。

描かれた形は真っ黒になっていたのだが、それが見ている間に、どんどんと緑色と茶色に染まっていく。

「なんだこれ」

「ファン！」

俺が首を傾げていると、隣でこの物体のにおいを嗅いでいたボンゴレが、鋭く可愛い声を出した。

ちなみに、もうボンゴレは子猫サイズである。

「おっ、ボンゴレもローブに入るか」

俺がスッとローブの前の方を開くと、ボンゴレは嫌そうな顔をした。

失敬な、ちゃんと風呂には二日前に入ったぞ。

「ファンファン」

「えっ、違うの？　おいメリッサ、この猫なんて言ってるの」

「ええっと……、城が崩れるって、そんな感じのことを……」

「凄い、ボンゴレの鳴き声が分かるのか。メリッサは魔物使いだなー」

「えへへ……って、それどころじゃないですよ！　城が崩れるって大変じゃないですか！　に、逃げ、逃げなくちゃ！　ああ、でも姫様は倒れちゃってるし！」

「まあ何とかなるのではないか」

俺は根拠もなくそう言った。

すると……。

俺が手にしていた、青い物体がぼんやりと光りだしたではないか。

同時に、地面が揺れ始めた。

ガタガタと震えているが、この揺れはどうやらこの城だけのものではない。この世界の全てが揺れているらしい。

やがて、物体の輝きが一気に強まり、俺たちは目を開けていられなくなった。

目を閉じていても、瞼の上から瞳を焼くほどの輝きがしばらく続いた。

そのうち、あまりにも眩しさが続くので、目の方で眩しいのかそうじゃないのかが分からなくなってきた。

さすがに俺もずっと目を閉じているのに飽きてきて、

「もういいかな？」

なんとなくそう思って目を開けた。

周囲がぼんやりと明るい。

まだ手にした物体が光っているのかと思ったが、どうやら違うらしい。

「ありゃ。周り全部が明るいんだ」

俺は立ち上がった。

きょろきょろと周囲を見回すと、何だか見覚えがあるような気がする。

ここは……魔法合戦の会場ではないか。

「おっ、戻ってきた」

「えぇっ……!?　こ、ここはどこですか!?　空が明るい……！　空気が美味しい……！」

メリッサが目を丸くして、空を見上げていた。

「しかし……グラウンドは荒れたままだなあ。あれから一日ちょっとしか経ってないもんなあ」

俺たちが降り立った会場は、先日魔王軍の連中が暴れた後のままである。

地面は掘り返され、あちこち焼け焦げて、ゴーレムの残骸がそこここに積み上げられている。

「じゃあ、ちょっと俺は様子見に行ってくるね。姫様用の食べ物とか買ってくるから……あっ、お金がない」

大変なことに気付いてしまった。

先日、俺は自分を巻き込んで炎の玉を連発したのだが、あの時に、少しだけ残っていた給料を焼き尽くしてしまったらしい。

あれがあれば、とうもろこしくらいは買えただろうに。

もったいない。

「メリッサ、お金ちょうだい」

「大の大人がなんで私にたかってるんですか!?　っていうかお金なんて私の村じゃ使ってないですから」

「そうかあ。じゃあ姫様お金ちょうだい」

「よかろう」

姫様は服の裾をめくると、そこから何かを引きちぎった。

「いざというときのために、ゼロイド師が縫い付けてくれていた金貨だ。これで買えるだけ肉を買ってきて」

「へい」

俺は金貨を握り締め、意気揚々と王都に繰り出した。

そして王都の人々は、俺が身につけている禍々しい黒いローブを見てパニック状態に陥った。

「ひ、ひぃー!!　ま、まだ魔王軍がああああ!?」

「いやあああ！　ぺたぺた歩いて近寄ってくるううう！」

「ひぃいい！　店先の林檎を手に取って食べ始めたあああ！」

「ご主人りんご美味しいね」

何かみんな、俺を恐れて逃げ惑うので、俺は面白くなって全部の店に立ち寄ることに決めた。

十軒目くらいに立ち寄って店先の食べ物を食べていたら、向こうからフル武装の兵士たちと見知った顔がやって来た。

「止まれ、魔王の配下め！」

「まだ残っていたというの!?　逃がさないわ！」

イチイバとニルイダではないか。

俺は、「イヨー」と手を振った。

すると、奴らの緊張と恐怖に強張っていた顔が、呆気にとられたものになる。

「……おい。もしかして、もしかしなくても、お前ウェスカーか？」

「うむ」

俺は店先に並んでいたパンを手に取ると、齧った。

バターが欲しい。

「まさか……。だって、あなたとレヴィア殿下は、謎の光に包まれて消えてしまったはずじゃあ……」

「帰ってきたよ。あと姫様血だらけなので肉を欲しがっているんだ」

「血だらけ!? 大変！ ウェスカー案内しなさい!!」

「いてて！ 耳を引っ張ってはいけない」

俺は血相を変えたニルイダに引っ張られていくことになってしまった。

そんな訳で、俺たちは回収された。

俺たちが魔法で闇の世界に行った後の話を聞くと、色々大変だったようだ。

だが、俺は闇の世界の貧しい食べ物のせいでひもじかったので、もっと大変である。

話は聞き流して、まずは食堂でひたすら飯を食った。

「ぐえー、もう食えねえ」

ローブを纏ったまま食堂の椅子を幾つか並べてベッドにし、そこに転がっている俺である。腹の中は王国の、とても美味しい食事でパンパンに満たされている。

姫様は傷を癒す生命魔法の使い手たちによって、集中的に治療が行われている。

メリッサとボンゴレはイチイバが連れていってしまった。

異世界の人間ということで、重要な情報を持っているのでは、というわけである。

俺はしばらく食堂に放置された。

しばらく転がっていると、お腹もこなれてきたので、散歩をすることにした。

俺がローブをずるずる引きずりながらぺたぺた歩くと、道行く連中がギョッとして、俺に道を空けてくれる。

ぬはは、愉快愉快。

このローブを着ていると、下がパンツ一丁でも寒くないし、裸足で石畳を歩いても痛くない。優れものだ。

洗濯の必要もないようなら、ずっと着ていよう。

布団代わりにもなるな。

「おお、君も無事だったかウェスカー！」

大変に愉快痛快な気分で城内を練り歩いていると、後ろから声が掛かった。

この、俺に対して何の偏見もなく、対等に接してくる感。ほんのちょっと会わなかっただけなのだが、懐かしく感じてくる。

「その声は、ゼロイド師じゃないか」

「ああ私だ。君も無事なようでよかった。異世界の少女から話を聞くに、また新たな魔法を生み出したらしいな」

うきうきしながら話しかけてくる。

「ふふふ、生み出しちゃいましたよ。聞きたい？　聞きたい？」

「是非教えて欲しい……！　だ、だが今は私の欲望は置いておいて、色々と君にも話さねばならんことが多くてね」

「今お腹いっぱいなんで難しい話されたら俺寝ますけど」

「お茶とお菓子を出すぞ」

「行きましょう」

見事な交渉術で、俺はゼロイド師の下へ行くことになった。

やって来たのは、いつもの研究室である。

あの涙と鼻水を誘発する魔法薬の煙はない。

中では、メリッサがお茶とお菓子を貪るように食べていた。

ボンゴレは肉の塊を食べている。

「ようメリッサ。この世界のお菓子は美味しいだろう」

「お、お、美味しいなんてものじゃないですよ!!　甘いです！　頬っぺたが落ちますううう!!」

「ユーティリット王国の焼き菓子は最高だからな」

俺も腰掛けて、メリッサの皿から焼き菓子を取ろうとした。

その手の甲を、彼女が叩いてくる。

「いたい！」

「ウェスカーさんでもこれ以上踏み込むとボンゴレをけしかけますよ!!　戦争です!!」

「やだ、お菓子を前にした少女が怖い」

「焼き菓子はまだある。さあ食べたまえ食べたまえ」

ゼロイド師が横から出てきて、袋いっぱいの焼き菓子を大皿にザラザラッとあけた。

俺とメリッサが歓声を上げる。

ゼロイド師大好き！

「では、食べながらでいい。話を聞いてくれ。これから我々、宮廷魔導師はレヴィア殿下と魔導師ウェスカーを、全面的に支援していくことになる」

「もふぉう」

口いっぱいに菓子を詰め込みながら頷く俺。

「その前に、現在の世界の状況について解説していこうじゃないか」

お茶とお菓子を前にして、ゼロイド師のプレゼンが始まる。


かくして。

辺境の村から始まった俺の冒険は、ここでひとまずの区切りと相成ったのである。

エピローグ

IKINARI
DAI-
MADOU

全く、良い世界になったものだ。

私は鼻歌交じりにそう思う。

いや、そう考えてしまうことは不謹慎なことだろう。

今や、ユーティリット、マクベロン、ウィドン、オエスツーの四王国は、数百年ぶりの巨大な戦乱に巻き込まれようとしているからだ。

そしてそれは、王国同士が争う戦いではない。

王国が相手にせねばならない存在は、人ならざる存在、魔王そのものだ。

「レヴィア。無事で帰ってこられたから良かったようなものの……。お前は、一国の王女なのだぞ!? それが魔導師や魔物を使うという異国の娘と共に、わけの分からない怪物を相手にして、それでこのように傷を負って……！　余は心配で、胸が張り裂けるかと思ったのだぞ！」

「そうだ！　あ、相手は魔王とかいうものなのだろう？　お伽噺《とぎばなし》ではなく、本当に現れてしまった！　そ、そんな恐ろしいものを相手にするのに、王宮を空けていく奴があるか……！」

心配をぶつけてくる父上。恐怖心を怒りにすり替えてくる兄。
二人とも、らしいと言う他ない。
いつもであれば、怒りを露わにし、暴れそうになる私だ。
だが、今は体に力が入らない。
治療を担当する魔導師からは、安静にするように言われている。
目に見える私の体は、清潔な布で処置された傷口が覆われていた。
「ああ、分かっている。今は、眠い。出ていってくれないか」
私の言葉を聞くと、二人は物言いたげな顔をして、渋々と部屋を後にした。
誰もいなくなった部屋の中、私は枕元の台に置かれたブドウを手に取る。
皮を剝いて食べようとして、
「そういえば、あの男は皮ごと食べていたな」
そう思い直して、丸ごと口に含んでみた。
……うん、ちょっと渋いが、美味い。
異世界エフエクスでは味わえなかった味だ。
一口、また一口と口に運ぶうちに、ブドウを食べ尽くしてしまった。
少し、体に元気が戻ってきた気がする。
次に手を伸ばすのは菓子類。

ややはっきりしてきた頭で、寝台の上で聞いた今の世界の情勢を思い起こす。

オエスツー王国は、既に魔王軍によって支配されていた。

ウィドン王国は、今正に、本国を魔王軍によって襲撃されている最中だと言う。

なのに、我がユーティリットもマクベロンも、動こうとはしない。

国同士のしがらみや、思惑。そういったものが絡まり合い、自由に動くことができないのだ。

何より、まだ世界は、今までの平和が偽りであったことを受け入れられていない。

魔王が存在し、魔王軍という脅威が世界を脅かしている事実を、受け止めきれていないのだ。

私はいつまでも休んでいるわけには行くまい。

焼き菓子を行儀悪く、貪るように頬張ると、目に見えて手足に力が湧いてきた。

よし、動ける。

私はベッドから起き上がると、窓辺に近寄った。

「姫様？」

物音を聞いて、部屋の外にいた女官が顔を覗かせる。

私は即座に駆け寄り、彼女の顎にかすめて拳を放った。

女官は白目を剝くと、頽れる。

これでよし。

私はカーテンを破き、繋ぎ合わせ、即席のロープを作った。

窓をぶち割って、ロープを垂らす。

勢いをつけて……よし、あいつの部屋は、あそこのはずだ。

私はロープにぶら下がった。

全身を使って、ロープを揺らす。

左右に体が大きく振られる。

もっと、もっとだ。

揺らして、揺らして、揺らして……今だ！

私は全身の力を込めて、跳躍した。

風を切って、飛ぶ。

狙いは過たず、私の体は目標としていた部屋の窓を破りながら、飛び込んでいた。

その中には、ベッドが一つとソファが一つ。

ソファの上では、退屈そうな顔をして魔導書を読む、黒いローブの男がいた。

彼は窓を破って現れた私に、一瞬目を丸くしていたが、すぐにその顔に緩い笑みを浮かべた。

「おっ、姫様元気になりましたか」

「ああ。こうしてはいられんぞ。また出かけることにする！　行くぞウェスカー！」

幼い頃から、ずっと。

理解者などいなかった私だ。

だが、ただ一人、私を疑うことなく、理解してくれた男がいる。

村の地主の息子で、立場が弱くて、それでも腐ることも折れることもなく、好き勝手に生きてきた男。

誰も否定することなく、真っ向から向かい合い、我を通す男。

私とともに道を行くことを、まるで近くに買い物にでも行くかのような気軽さで快諾し、横を歩んでくれた男。

ウェスカー。

まだ、そなたに感謝の言葉を投げるには、私は何も果たしていない。

だが、必ずや私は、そなたにある言葉を告げるであろう。

万感の思いを込めて、私は彼を見つめる。

彼はいつも通り、気軽な様子で立ち上がると、魔導書をその辺に放り出しながら言った。

「いいでしょう。で、どこ行きます？」

書き下ろし

カダンダ盗賊団、姫をさらったと思ったらゴリラだった話

IKINARI DAI-MADOU

魔王軍なる連中が出現し、今やこの世界は大混乱である。

歴史に刻まれた悠久の平和は脆くも崩れ去り、街道には魔物が溢れ出している。

今まさに、世界は暗黒の時代へと変わろうとしていたのだ。

「つまり俺たちの時代だということだ!!」

燭台が幾つかしかないような、薄暗い空間で、壇上に立った男は力強く宣言する。

「俺たちカダンダ盗賊団が、歴史の表舞台に躍り出るときがやって来たのだ！　思えば苦節ウン年……！　野菜泥棒をしたり、はぐれた家畜を盗んだり、労働者に交じってしれっと賃金をもらうなどの苦しい日々だった……！」

そこには、何人もの男たちが集まっている。

一様に、大変暑苦しい雰囲気を纏った彼等は、壇上の男の言葉に応じて「おおーっ！」と叫びをあげる。

「全ては平和が悪い！　何も事件が起こらない！　下手に街道で盗みを働いたら、騎士団がすぐさま討伐にやって来る！　怖くてろくに盗賊行為もできない！　こんな世界に誰がした！　俺たちが物語で憧れた盗賊はどこに行ったのだ！」

「ああ……。俺も畑仕事が辛くて逃げ出したのだ」

「俺も、牛糞の掃除が臭くってなあ……」

ここにいる男たちは、皆が皆、社会からドロップアウトした者たちだった。

だが、元々根性がなくてドロップアウトしたものだから、盗賊団をやっても無理な仕事をしたがらない。

自然と、野菜泥棒や収穫物の一部をくすねる、釣銭詐欺、落とし物をネコババするなどの軽い盗賊行為をするだけにとどまる。

カダンダ盗賊団とは言うものの、その規模や行為は、悲しいほどに小さかった。

「だがっ！　その雌伏の日々も今日で終わりだ！　俺たちにパトロンがついたぞ！」

「おおおー!!」

盛り上がる盗賊団。

「さすがはお頭！」

「カダンダバンザイ！」

壇上の男……カダンダは満足げに頷き、部下たちが静まるのを待った。

そして、大仰な手振りで背後に控えていた人物を紹介する。

「紹介しよう！　魔王軍の魔導師、レミラさんだ！　この方が俺たちに力を与えてくれるそうだ!!」

現れたのは、肌もあらわな女魔導師ルックの美女。

腰からコウモリの翼が生えていて、美しくも大変魔物っぽい。

盗賊たちは大いに盛り上がった。女っ気など無い生活をしている男所帯だから、それはもうとても盛り上がる。

美女魔導師は、にっこり微笑みながら口を開いた。

「ご紹介に与りましたレミラです。皆さんに力を与えるためにやって来ました」

「おおーっ！」

「平和な時代はもはや過去。今は、力が無いものは生きていけない時代です。だからこそ、相応しい方々には力があるべきなのです。私は皆さんが、魔王軍から力を与えられるに相応しいと判断したのです」

「おおーっ！」

「ということで、今から皆さんを魔物に変えますね」

「おおーっ！　……えっ」

歓声が上がりかけて、すぐさまそれは戸惑いの声に変わった。

だが、時既に遅しなのである。

魔導師の詠唱と、盗賊団の悲鳴が響く……。


魔物生活一日目。

カダンダ盗賊団はとりあえず近くの村を襲ってみることにした。

「お頭、大丈夫かな。農夫って力が強くて怖いんだけど」

「バカヤロウ、俺たちはもう魔物だぞ？　魔物の方が強いに決まってるだろうが！　行くぞ！」

頭目カダンダ、鼻息も荒く農村に入り込んでいく。

村の入口は、バリケードのようなもので封鎖されているが、魔物となって一回り大きくなったカダンダは、これを軽々と取り除いてしまう。

持ち上げたバリケードを、壊れないようにそっと脇に除ける辺り、まだ小市民っぽさが残っている。

「頼もうー！」

「わっ、ま、魔物だ！　魔物が正面から来たぞ！」

「そ……そうだぞ！　魔物だぞ！　怖いぞ！　がおー!!」

「ひいー!!」

怯える村人たち。

彼等から見たカダンダ盗賊団は、赤い肌をした巨人の群れのように見えるのだ。

どうやらちゃんと魔物に見えているらしいと安心したカダンダ。部下たちを村に呼び寄せる。

ぞろぞろやってくる部下たち。

彼等も、村人たちから注がれる恐怖の視線に安堵し、ようやく人心地がついたようである。

「本当に魔物になったんだなあ」

「今までは農村のかみさんにも腕っ節で負ける俺たちだったが、これからはそうはいかないぞ」

「おい村人！　出荷用のチーズを一割よこせ!!　肉も一割よこせ！」

要求がささやかである。

たくさん奪う、という発想が無いのかもしれない。

「なんであなた達、そんなに無欲なのかしら……！　盗賊団でしょ!?　チーズも肉も根こそぎ持っていって、いい女をさらう位しなさいよ!!」

苛ついたらしきレミラに怒られて、盗賊団はハッとする。

「そ、そんなに悪いことをしていいのか!?」

「あんまり悪いことをすると、俺の母ちゃんに申し訳が……」

「なんでそんな奴が盗賊団やってるのよ!?　ええい、こうなれば良心も消し去ってやるわ！　〝魔王よ！　魔物の心を、魔物らしき心に！　人の心を消し去れ〟!!」

「う、ウグワーッ!!　お、俺の中のなんかあったかいものが消えていくー!!」

のたうち回る魔物たち。

いきなりの内輪もめに、村人はその様子をポカーンと見守るばかりだ。

だが、これこそが彼等が逃げる最後のチャンスだったのだ。

やがて立ち上がった魔物たちは、目を爛々と輝かせて叫んだ。

「農作物は全てもらっていく！　それからいい女もさらう!!」

彼等は、レミラが言ったことをその通りに実行した。

特にその他の発想が無かったからだ。

だが、村にとって、これは甚大なる被害をもたらしたのである。


魔物生活二日目。

大量の食料を奪ってきたはいいが、持て余した盗賊団。

「これどうしようかね……」

「レミラさんに命令された通り奪ってきたけどさ……。あっ、そこの女！　酌をしろ！　そうだ！　そのミルクを注げ！　がははははは、いい気分だ！　ミルクうめえ！」

ひとまず彼等は考えるのをやめて、酒池肉林を楽しんだ。

「どうかしてるわ……。この世界、盗賊団ですら平和ボケしてしまって、悪意を植え付けたはずなのにこの程度しか悪い発想がでてこないなんて……」

魔王軍の魔導師は頭を抱えていた。

どうやれば、この間抜けな盗賊団に悪事を働かせる事ができるのか。

こんな有様では、この世界で魔王軍の兵となる者たちをリクルートすることなど、夢のまた夢ではないか。

「これはシュテルン様に報告して、対策を練らないといけないわね。でも、まずは出来ることからコツコツと。教育が必要だわ」

レミラはそう決意すると、ぐっと拳を握りしめて自分を叱咤した。

「諦めちゃだめよレミラ。やればできるわレミラ！　魔王オルゴンゾーラ様の世界征服がかかっているんだもの。私がここで何とかしなくてどうするの！　……よし、気を取り直して」

レミラは立ち上がり、宣言した。

「あなたたち!!　いい？　これから、ユーティリット王国に攻め込むわ！　できるだけ暴れて、そこで貴族の娘を人質に取る!!」

「ええっ!?」

「そ、そんな凄いことできるのか!?」

「そもそもやっちゃっていいのか!?」

これには頭目のカダンダも肝を潰したらしく、恐る恐る伺いを立ててくる。

「だがな……、貴族の娘なんか人質にしたら、騎士団が攻めてきて大変なことに……」

「あなたたちは魔物の力を手に入れたのですよ？　騎士団程度、どうとでもできます！　私が保証するわ！」

「えっ、ほ、本当なのか!?」

レミラはめまいを覚えた。

これほど自己評価が低い盗賊団はいかがなものだろう。

「ええい、細かいことはいいわ！　行くわよ、ついてらっしゃい!!」

レミラは盗賊団を率い、一路ユーティリット王国へ向かうことになったのである。

後ろにおとなしくついてくるカダンダ。

もう誰が頭目なのか分からない。

魔物生活三日目。

ユーティリット王国城門までやって来た盗賊団一行。

先日の魔法合戦で、内部に入り込んだ魔王軍が暴れた王都は、未だに混乱に包まれている。

本来ならば、シュテルンの配下であった彼等が、内部から反乱を引き起こし、ユーティリット王国を征服するはずだった。

だが、それはこの国の王女であるレヴィア姫と、よく分からないフシギな魔導師によって阻まれてしまったのだ。

あの魔導師はさっぱり分からないが、レミラの上司たる魔将、鮮烈のシュテルンが危険視した、ユーティリット王国第二王女のレヴィアは、前評判通り危険な存在だった。

レミラの前任者たる魔導師が、その命を賭して彼女を、魔将フォッグチルの世界へと落としたことは正解だったと言えよう。

つまり、既にこの国に、魔王軍に対抗する手段は無いはずだった。

勇ましい鬨《とき》の声をあげながら、城門へと押し寄せていく盗賊団十数名。

不思議なことに、王都側からの反撃がない。

レミラは首を傾げながらも、きっとこれは、まだ人間たちが混乱の只中にあるために、統制が取れていないに違いないと解釈することにした。

やがて、盗賊団が門扉に手をかけたときだ。

「せりゃあああああっ!!」

咆哮が上がり、扉が砕けながら吹き飛んでいった。

「ウグワーッ!?」

巻き込まれた盗賊団員若干名。

「なっ、何事!?」

驚愕に目を見開きながら、城門の奥を見通すレミラ。

そこには、何故か片足を振り上げた体勢の、白いドレスを着た女が立っていた。

ドレスの端々から見える手足に包帯が巻かれているから、怪我をしているらしい。

片足を振り上げていたのは何故か。

まさか、彼女がこの扉を蹴って破壊したとでも言うのだろうか。

だが、状況はレミラに考える暇を与えない。

「お頭!!　見て下さいあの女！　すっげえ美女ですよ!!」

「なんだと!?　ほんとだ!!　すげえ、腰が抜けるほどの美女だ!!」

「美女や美女や!!」

盗賊団のテンションが一気に跳ね上がった。

それほどまでに、現れた女性の容姿は美しかったのである。

金から生み出された糸のような、輝く金髪を肩の長さで切り揃え、その下には雲一つない蒼穹の色をした瞳が輝いている。

気が強そうな顔立ちだが、目鼻口、顎のラインに至るまで、理想的な造形で形作られていた。

これを目の当たりにした盗賊団が、「美女や美女や」と連呼するだけの存在になってしまったとしても無理はない。

「あなたたち!!　ぼーっと美女美女連呼してないで、ちょうどお誂《あつら》え向きに貴族の子女が出てきたんだからさらって!!」

「あっ、そういえばそうか!!」

レミラに気合を入れられて、盗賊団は我に返ったようだった。

ドレスの姫君は、彼等のやり取りを聞いて、「ほう」と不敵に笑うと、思いの外おとなしく指示に従うのだった。

「拠点を割り出してから徹底的に叩くのが効果的かもしれないな」

何か、物騒なことをぶつぶつと言ってはいたのだが。


魔物生活四日目。

謎の貴族っぽい美女を連れてアジトに帰還した盗賊団。

「そらっ、歩けっ！　……なんちゃってな」

彼女をせっつこうとしながら、その実さらりとお尻を触ろうとした団員である。

だが次の瞬間、振り返った美女の拳が、団員の鳩尾に突き刺さった。

「ぐほおっ!?」

衝撃のあまり、地面から僅かに浮き上がる団員。

その腰帯と肩口をがっちりと摑み、白ドレスの美女は団員を逆さ向きにして、高く掲げた。

「私に触れようなどと、十年早い……!!」

持ち上げたところから、地面に頭を叩きつける急降下の一撃である。

「ウグワーッ!!」

すっかり魔物になっていた団員は、断末魔の叫び声をあげながら消滅した。

「レミラさん、あの女なんだか変だよ!!　貴族のお姫様かと思ったらあの腕力おかしい!!」

「まるで幻の幻獣ゴリラ……！　危険だわ！　私たちは貴族の娘とばかり思って、とんでもないモンスターを内側に引き入れてしまったのかもしれない……!!」

自分たちが魔物であることは棚に上げて、美女を警戒する一同。

「どうやらバレてしまったようだな……！」

不敵に笑いながら、ドレスを翻す美女。

「いかにも、私がレヴィアだ！」

「……ええっ!?」

レミラは一拍おいてから、愕然とした。

馬鹿な。

シュテルン様が脅威と断じていた、ユーティリット王国の第二王女。

レヴィア姫は、今はフォッグチルが支配する闇の世界に閉じ込められているのではなかったのか。

なぜ、こんなところにいるのだ。

まさか自分たちの所業を感知されていたのか……!?

「連れてきてもらって助かった。この怪我で、独り歩きは少々辛くてな……！」

「あああ、つ、連れてきちゃったんだったあああああ」

頭を抱えて嘆くレミラ。

「ということで、もう一人連れてきている！」

名乗りを上げたレヴィア姫は、空高く手を掲げると、パチリと指を鳴らした。

「来い、ウェスカー！」

「へい」

間抜けな返答があって、近くの木の上から、ボテッと男が一人落っこちてきた。

青みがかった黒髪の男で、それなりに背が高く、本来なら顔立ちも整っているのだろう。だが、表情には締まりというものがなく、ぼんやりとした印象だった。

だが、注目すべきはその外見だろう。

「ちょっ、おま、おま、お前、その、そのローブ……!!」

「そう、フォッグチルのローブだ。超かっこいいだろう」

「なんでお前が、フォッグチル様のローブを……!?」

「そりゃあもちろん」

「私とウェスカーとメリッサで」

「倒して奪った」

レヴィアと、ウェスカーと言うらしき魔導師が、ウェーイ！　と腕を組み合わせてポーズを決める。

何だこいつら!?

レミアは混乱した。

明らかに、今まで接してきた人間たちと違う。

異質過ぎる。

何が異質かって、言っていることとやっている事の意味が分からない。

嬉しそうに盗賊団に連行されたかと思うと、こうして仲間を呼んでやる気満々。

魔王軍が接していた人間たちはどうだったただろうか。

もっと、生きる希望や夢とかを奪われて、生み出す絶望を糧とする魔物たちによって飼われている存在であったはずだ。

だが。

「さて、魔王軍。今の私は万全とは言い難いが、リハビリ代わりに暴れさせてもらうぞ……！　こうしてウェスカーも連れてきたから、私に恐れるものは何もない！」

「いいぞ姫様。っていうかなんであんた丸腰なんですか。剣とか剣とか！」

彼等には、魔物に対する恐怖など、一切感じない。

むしろ、魔物と戦うことを楽しみにすらしているようだ。

ここでレミラはゾッとした。

この場において、まさか、狩られるのは人間ではなくて、自分たち魔物……!?

「カダンダ盗賊団！　こいつらは危険すぎるわ！　やっつけておしまいなさい!!」

「おおー!!」

レミラの命令に、盗賊団は一斉に応えた。

一様に目を爛々と輝かせ、魔物としての本性を露わにする。

そしてその鼻っ柱に、いきなりレヴィア姫の鉄拳が埋まった。

「ウグワーッ!?」

顔面を陥没させながら吹っ飛ぶ盗賊団員。

「よーし、エナジーボルトだ！　目と！　指先と、後は大サービスで尻から!!」

ウェスカーの全身が紫色に光り輝く。

放たれるのは全方位に向けられた攻撃魔法、エナジーボルトだ。あんなデタラメな撃ち方が出来る魔法などではありえない。

何より、あれだけ大量の魔法を、一切の詠唱なしで行使している。

「ウグワーッ!?」

「ウグワーッ!?」

「ウグワーッ!?」

盗賊団が、みるみるうちに壊滅していく。

たった二人の人間によってだ。魔物と化し、人間を超える力を身に着けたはずのカダンダ盗賊団は、その人間の手によって為す術《すべ》無く打倒されようとしているのだ。

「レミラさん、逃げろ！　残念だが、俺たち盗賊団はここで終わりだ！」

「カダンダ！　だが、それではお前が……！」

レミラを守るように立つカダンダ。

既に、彼の部下は全てが魔法と打撃によって倒されてしまっている。

「いいんだよ！　俺たちは、ダメ人間の集まりだった。盗賊団なんて気取っちゃいたが、何もかも世の中のせいにして、腐ってただけのクズだった。だが、あんたはそんな俺たちに、四日間だけとは言え夢を見させてくれたんだ……！　ありが」

「エナジーボルト！」

「ぎえーっ」

カダンダがぶっ倒れた。

「隙ありだ」

向こう側で、不思議なポーズを取っているウェスカー。

「お、お前……！　ぶぎゃっ」

呻くカダンダ。その上をレヴィアがドレスのスカートを裂きながら、のしのしと歩いて行く。

「やはりドレスでは、足を振り上げるには厳しいな。私はドレスで舞踏会に立つよりは、鎧を着て戦場に立つほうが好みだ」

「俺はこのローブが大変暖かくて気に入っている」

レヴィアの横に並んだウェスカーが、あまり意味のない事を言った。

「お前たちは……ずっと、我々魔王軍が現れることに備えていたというのか……!? 現れるかどうかも分からない世界で、周りは永遠に続く平和に溺れ続ける中で、ただただ……牙を、研いでいたの……!?」

「なるほど」

ウェスカーが頷いた。

間違いなく、レミアが口にした言葉をほんの少しも理解していない。

あれは生返事だ。

レヴィア姫が、詠唱を始める。

彼女の全身に、風が、炎が集まる。

拳が光り輝いた。

「シュテルン様！　ご報告申し上げます！　シュテルン様……!!　この者たちは危険です……！　危険すぎる！　まるで、私たち魔物を殺すためにだけ存在する、天敵……！」

爆発。

この日、カダンダ盗賊団のアジトは消滅した。

魔物生活五日目。

瓦礫の中で、カダンダは目を覚ました。

周りには、何もない。

まるで大きな爆発が起こった跡のように、抉られた地面が円形に広がっているだけだ。

ふらふらと起き上がる。

魔物になったかと思った体は、元の人間に戻っていた。

いや、これだけの爆発にあっても生きているのだから、まだ魔物なのかもしれない。

「一人生き残っちまったなあ……」

ため息を吐きながら瓦礫に腰を下ろす。

「仲間たちも、レミラさんもやられちまった。かと言って、仇を取るなんてまっぴらゴメンだ。俺は死にたくねえ」

しばし考え込むカダンダ。

そして、決意したように立ち上がったのである。

「よし、真面目に働くか！」

彼は憑き物が落ちたような顔をしながら、一歩踏み出した。

そして、歩いていった先で放棄された小屋を見つけると、その中でごろりと横になる。

「うん、今日は疲れたから、明日から真面目に働こう……!!　いや、王都までは遠いから、明後日でもいいな。なんなら一週間後でも……」
彼は決意をどんどんと鈍らせながら、今日のところはサボることに決めたのであった。

あとがき

はじめまして。

あけちともあきともうします。

本来は、回文になったペンネームだったのですが、姓名ともに同画数であり、「これは姓名判断で天中殺だよ君ィ」とのたまった友人のアドバイスにより、平仮名を用いています。

この度は、『いきなり大魔導！』をお買い上げいただき、まことにありがとうございました。

この物語は、「小説家になろう」にて掲載、その後、アース・スター様より声掛けを頂戴し、書籍という形で世に出ることとなりました。

筆者自身、そのような事は意識せずに書いていたものですから、声掛けを頂いた時は大変驚きました。

「正気か!?」

とも思いましたが、お蔭様でこうして皆様のお手元に届けることができています。

これも何かのご縁でしょう。本当に、人の縁、物の縁というものは分からないものです。


次に、この物語について。

このお話は、いわゆるゲーム風ファンタジー世界を、コメディタッチで描いたものになります。

モデルとしたゲームや作品は多種多様。国民的ＲＰＧからギャグファンタジーマンガの名作、その他、筆者がこれまでインスピレーションを受けてきた名作の数々がこの物語には織り込まれています。

執筆の際には、とにかく楽しく、読み終えてスッキリとするようなものにしたいと考えました。

その結果がどうなったかは、読者の皆様にご判断いただけると幸いです。


ウェスカーという主人公は、破天荒な男です。

しかも、理由なき破天荒です。

世のルールに真っ向から抗い、かと言って反逆するわけでもなく、スケールの小さないやがらせをしたり、空気を読まない行動をごく当たり前のように行ったりします。

ですが、彼は誰も蔑まないし、貶めない。

何事も、まあそれはそれ、これはこれ。ポジティブシンキングな男です。

現実の世の中も、しがらみや、暗黙の了解など、息苦しいものでいっぱいです。

だからこそ、彼のようなそういう世間の空気とは無縁な男を描きたいと思っていました。

ウェスカーと、もう一人の主人公、レヴィア王女。

この二人が出会うことで起こる化学変化。そして、世界に訪れる変革。これこそが、この物語の真髄です。


さて、ここからはお世話になった皆様に御礼を申し上げさせて頂きます。

イラストレーターの外道様。筆者の頭の中にしか存在しなかったキャラクターたちを、形あるものとしてこの世界に生み出して下さりありがとうございます。彼等は今、こうして、誰にでも見える存在として確かに息づき始めました。

筆者を見出して下さいました、編集のM様。ありがとうございます。書籍化作業が楽しいあまり、高速で作業をしてメールを送る筆者に対し、迅速なレスポンス、誠に感謝しております。お教え下さった、作業の上での手順や知識など、大いに筆者の血肉になっております。

書籍化報告の折、ともに喜んでくれた友人たち。長く、古い付き合いです。筆者は彼等から、有形無形、様々なものを受け取ってきました。それらをこの本という形でお返しできればと思います。

最後に、この、色々と芽が出ない筆者を、ずっと見守り続けてくれた両親へ。

ありがとう。

幼い頃から続けてきたことが、こうして一つの形になりました。あなた方が支え、与えてくださったおかげです。本当にありがとう。

あとがき

初めまして外道です！
車やバイクが大好きなイラストレーターです
どうしてこのラノベ車が出てこないのでしょうか？
というか異世界モノって車でませんよね？
そろそろ異世界でもモータースポーツはやらないかな
最初はSOHCのキャブ車からコツコツやっていきましょう
車の登場する依頼がありましたぜひ

LINEスタンプ配信中

いきなり大魔導！

発行 ―― 2018年2月15日　初版第1刷発行

著者 ―― あけちともあき

イラストレーター ―― 外道

装丁デザイン ―― 舘山一大

発行者 ―― 幕内和博

編集 ―― 古里学、溝井裕美

発行所 ―― 株式会社 アース・スター エンターテイメント
〒107-0052　東京都港区赤坂 2-14-5
Daiwa 赤坂ビル 5F
TEL：03-5561-7630
FAX：03-5561-7632
http://www.es-novel.jp/

発売所 ―― 株式会社 泰文堂
〒108-0075　東京都港区港南 2-16-8
ストーリア品川
TEL：03-6712-0333

印刷・製本 ―― 中央精版印刷株式会社

© Tomoaki Akechi / Gedo 2018 , Printed in Japan

この物語はフィクションです。実在の人物・団体・事件・地域等には、いっさい関係ありません。

本書は、法令の定めにある場合を除き、その全部または一部を無断で複製・複写することはできません。

また、本書のコピー、スキャン、電子データ化等の無断複製は、著作権法上での例外を除き、禁じられております。

本書を代行業者等の第三者に依頼してスキャン、電子データ化をすることは、私的利用の目的であっても認められておらず、著作権法に違反します。

乱丁・落丁本は、ご面倒ですが、株式会社アース・スター エンターテイメント 読書係あてにお送りください。

送料小社負担にてお取り替えいたします。価格はカバーに表示してあります。

ISBN 978-4-8030-1165-4

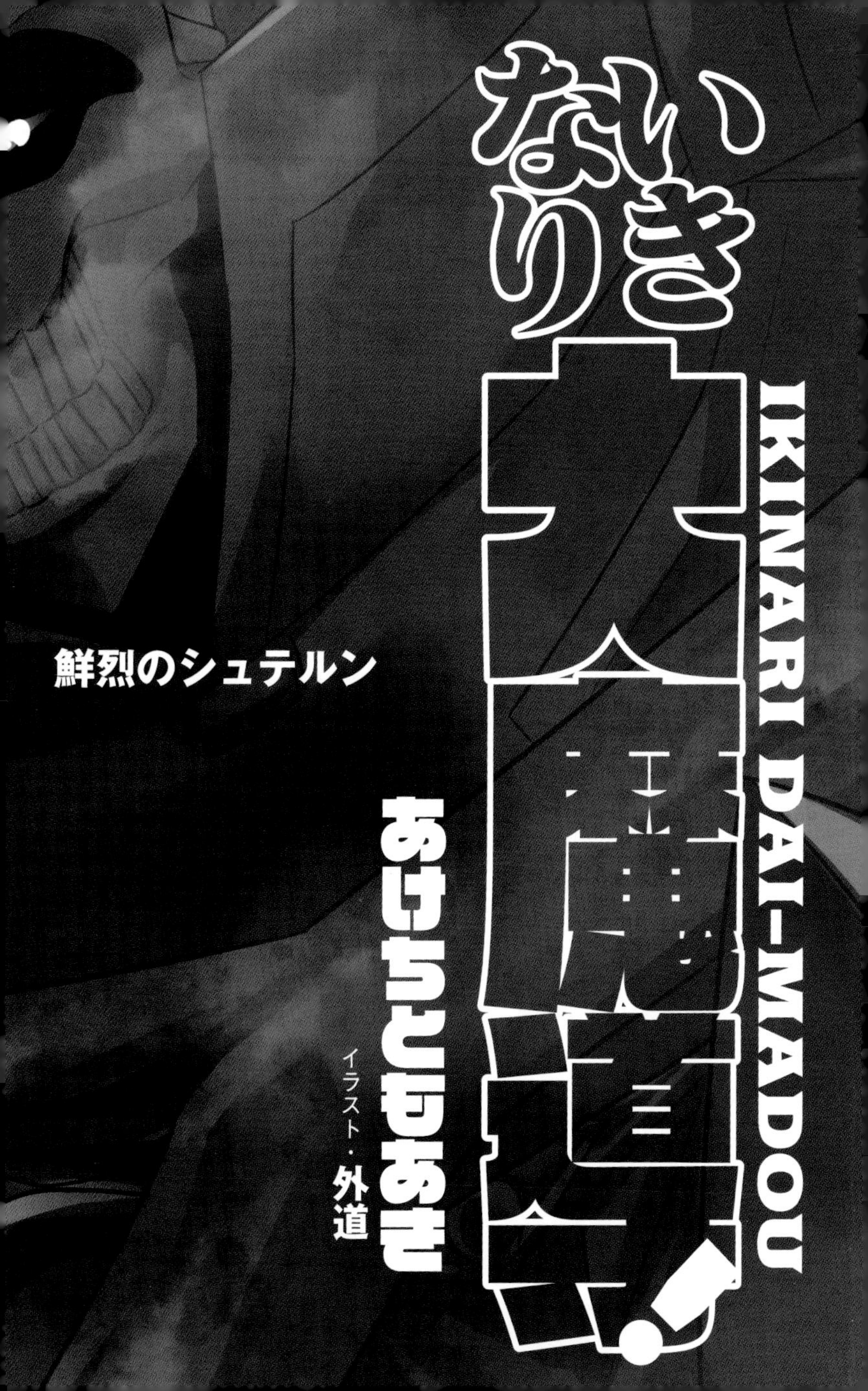
いきなり大魔導！
IKINARI DAI-MADOU
鮮烈のシュテルン
あけちともあき
イラスト・外道

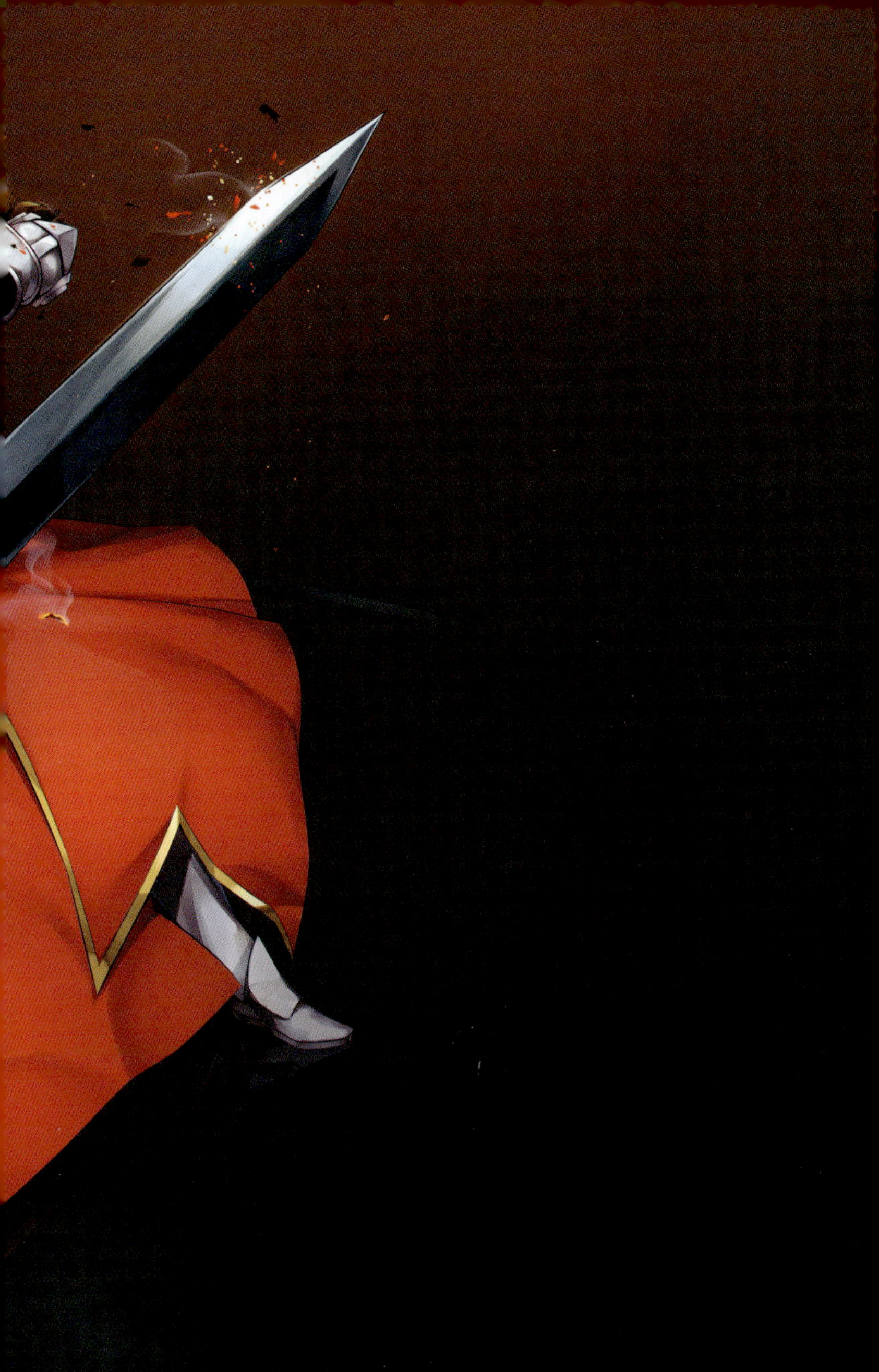

TOMOOKI AKECHI ILLUSTRATION / GEDO